# LA MAISON BISCORNUE

Liste alphabétique complète des

# Romans d'Agatha Christie

## (Masque et Club des Masques)

| | Masque | Club des masques |
|---|---|---|
| A.B.C. contre Poirot | 263 | 296 |
| L'affaire Prothéro | 114 | 36 |
| A l'hôtel Bertram | 951 | 104 |
| Allô ! Hercule Poirot ? | 1175 | 284 |
| Associés contre le crime | 1219 | 244 |
| Le bal de la victoire | 1655 | |
| Cartes sur table | 274 | 364 |
| Le chat et les pigeons | 684 | 26 |
| Le cheval à bascule | 1509 | 514 |
| Le cheval pâle | 774 | 64 |
| Christmas Pudding | | 42 |
| (Dans le Masque : Le retour d'Hercule Poirot) | | |
| Cinq heures vingt-cinq | 190 | 168 |
| Cinq petits cochons | 346 | 66 |
| Le club du mardi continue | 938 | 48 |
| Le couteau sur la nuque | 197 | 135 |
| Le crime de l'Orient-Express | 169 | 337 |
| Le crime du golf | 118 | 265 |
| Le crime est notre affaire | 1221 | 228 |
| La dernière énigme | 1591 | 530 |
| Destination inconnue | 526 | 58 |
| Dix brèves rencontres | 1723 | 567 |
| Dix petits nègres | 299 | 402 |
| Drame en trois actes | 366 | 192 |
| Les écuries d'Augias | 913 | 72 |
| Les enquêtes d'Hercule Poirot | 1014 | 96 |
| La fête du potiron | 1151 | 174 |
| Le flambeau | 1882 | |
| Le flux et le reflux | 385 | 235 |
| L'heure zéro | 349 | 18 |
| L'homme au complet marron | 69 | 124 |
| Les indiscrétions d'Hercule Poirot | 475 | 142 |
| Je ne suis pas coupable | 328 | 22 |
| Jeux de glaces | 442 | 78 |
| La maison biscornue | 394 | 16 |
| La maison du péril | 157 | 152 |
| Le major parlait trop | 889 | 108 |
| Marple, Poirot, Pyne et les autres | 1832 | |
| Meurtre au champagne | 342 | 449 |
| Le meurtre de Roger Ackroyd | 1 | 415 |
| Meurtre en Mésopotamie | 283 | 28 |
| Le miroir du mort | | 94 |
| (dans le Masque : Poirot résout trois énigmes) | | |

| | Masque | Club des masques |
|---|---|---|
| Le miroir se brisa | 815 | 3 |
| Miss Marple au club du mardi | 937 | 46 |
| Mon petit doigt m'a dit | 1115 | 201 |
| La mort dans les nuages | 218 | 128 |
| La mort n'est pas une fin | 511 | 90 |
| Mort sur le Nil | 329 | 82 |
| Mr Brown | 100 | 68 |
| Mr Parker Pyne | 977 | 117 |
| Mr Quinn en voyage | 1051 | 144 |
| Mrs Mac Ginty est morte | 458 | 24 |
| Le mystère de Listerdale | 807 | 60 |
| La mystérieuse affaire de Styles | 106 | 100 |
| Le mystérieux Mr Quinn | 1045 | 138 |
| N ou M? | 353 | 32 |
| Némésis | 1249 | 253 |
| Le Noël d'Hercule Poirot | 334 | 308 |
| La nuit qui ne finit pas | 1094 | 161 |
| Passager pour Francfort | 1321 | 483 |
| Les pendules | 853 | 50 |
| Pension Vanilos | 555 | 62 |
| La plume empoisonnée | 371 | 34 |
| Poirot joue le jeu | 579 | 184 |
| Poirot quitte la scène | 1561 | 504 |
| Poirot résout trois énigmes | 714 | |
| (Dans le Club : Le miroir du mort) | | |
| Pourquoi pas Evans? | 241 | 9 |
| Les quatre | 134 | 30 |
| Rendez-vous à Bagdad | 430 | 11 |
| Rendez-vous avec la mort | 420 | 52 |
| Le retour d'Hercule Poirot | 745 | |
| (Dans le Club : Christmas Pudding) | | |
| Le secret de Chimneys | 126 | 218 |
| Les sept cadrans | 44 | 56 |
| Témoin à charge | 1084 | 210 |
| Témoin indésirable | 651 | 2 |
| Témoin muet | 377 | 54 |
| Le train bleu | 122 | 4 |
| Le train de 16 h 50 | 628 | 44 |
| Les travaux d'Hercule | 912 | 70 |
| Trois souris... | 1786 | |
| La troisième fille | 1000 | 112 |
| Un cadavre dans la bibliothèque | 337 | 38 |
| Un deux trois | 359 | 1 |
| Une mémoire d'éléphant | 1420 | 469 |
| Un meurtre est-il facile? | 564 | 13 |
| Un meurtre sera commis le... | 400 | 86 |
| Une poignée de seigle | 500 | 40 |
| Le vallon | 361 | 374 |
| Les vacances d'Hercule Poirot | 351 | 275 |

AGATHA CHRISTIE

# LA MAISON BISCORNUE

traduit de l'anglais par Michel Le Houbie

LIBRAIRIE DES CHAMPS-ÉLYSÉES

*Ce roman a paru sous le titre original :*

THE CROOKED HOUSE

# I

C'est en Egypte, vers la fin de la guerre, que je fis la connaissance de Sophia Leonidès. Elle occupait là-bas un poste assez important dans les bureaux du Foreign Office et je n'eus d'abord avec elle que des relations de service. Je ne tardai pas à me rendre compte des qualités éminentes qui l'avaient portée, en dépit de sa jeunesse — elle avait juste vingt-deux ans — à un poste où les responsabilités ne manquaient pas.

Fort agréable à regarder, elle était aussi très intelligente, avec un sens de l'humour qui m'enchantait. Nous nous liâmes d'amitié. C'était une jeune personne avec qui l'on avait plaisir à parler et nous aimions beaucoup sortir ensemble pour dîner et, à l'occasion, pour danser.

Tout cela, je le savais. C'est seulement lorsque, les hostilités terminées en Europe, je fus muté en Extrême-Orient que je découvris le reste, à savoir que j'aimais Sophia et que je désirais qu'elle devînt ma femme.

Cette découverte, je la fis un soir que nous dînions ensemble au Shepheard's. Elle ne me surprit pas. Elle m'apparut plutôt comme la reconnaissance formelle d'un fait qui m'était depuis longtemps familier. Je regardais Sophia avec des yeux neufs, mais ce que je voyais m'était déjà bien connu. Tout en elle me plaisait, aussi bien les magnifiques cheveux noirs qui couronnaient son front que ses clairs yeux bleus, son petit nez droit ou son menton volontaire. Dans son tailleur gris, elle « faisait » terriblement Anglaise, et cela aussi m'était sympathique après trois ans passés loin de mon pays natal. Et c'est comme je me disais qu'on ne pouvait avoir l'air plus anglais que je me demandai si elle était vraiment aussi Anglaise qu'il semblait.

Je m'apercevais que, si nous avions eu ensemble de longues conversations, parlant à cœur ouvert de nos idées, de nos goûts et dégoûts, de nos amis et de nos relations, Sophia n'avait jamais fait la moindre allusion à sa famille. Elle savait tout de moi et je ne savais rien d'elle. Jamais jusqu'alors cela ne m'avait frappé.

Elle me demanda à quoi je pensais.

— A vous ! répondis-je sincère.

— Ah ?

— Il se peut fort bien que nous ne nous revoyions pas d'ici deux ans, étant donné que j'ignore quand je rentrerai en Angleterre, et je songeais que mon premier soin, à mon retour, sera d'aller vous trouver pour vous demander votre main.

Elle reçut cette déclaration sans ciller. Elle continuait à fumer, sans me regarder. Un instant, l'idée me tourmenta que peut-être, elle ne m'avait pas compris.

— Je suis bien résolu, repris-je, à ne pas vous demander maintenant de devenir ma femme. Ce serait stupide. D'abord parce que vous pourriez me répondre non, de sorte que je m'en irais très malheureux et capable, par dépit, de lier mon sort à celui de quelque créature impossible. Ensuite, parce que, si vous me disiez oui, je ne vois pas bien ce que nous pourrions faire. Nous marier tout de suite et nous séparer demain ? Nous fiancer et commencer à nous attendre mutuellement pendant on ne sait combien de temps ? C'est quelque chose que je ne pourrais supporter. Je ne veux pas, si vous rencontrez quelqu'un d'autre, que vous puissiez vous considérer comme tenue par un engagement envers moi. Nous vivons une époque de fièvre. On se marie très vite et on divorce de même. Je veux que vous rentriez chez vous, libre, indépendante, que vous regardiez autour de vous pour voir ce que sera le monde d'après-guerre et que vous preniez votre temps pour décider ensuite de ce que vous lui demanderez. Si nous devons nous marier, vous et moi, il faut que ce soit pour toujours ! Un autre mariage, je n'en ai que faire !

— Moi non plus !

— Mais cela dit, je tiens à ce que vous soyez au courant des... des sentiments que j'ai pour vous !

Elle murmura :

— Sans que vous mettiez, dans leur expression, un lyrisme hors de saison.

— Mais vous ne comprenez donc pas ? Vous ne voyez donc pas que je fais tout ce que je peux pour ne pas vous dire que je vous aime et...

Elle m'interrompit.

— J'ai parfaitement compris, Charles, et votre façon comique de présenter les choses m'est très sympathique. Quand vous rentrerez en Angleterre, venez me voir, si vous êtes toujours dans les mêmes dispositions...

Ce fut à mon tour de lui couper la parole.

— Là-dessus, il n'y a pas de doute !

— Il ne faut jamais rien affirmer, Charles ! Il suffit de si peu de chose pour bouleverser les plus beaux projets ! Et puis, que savez-vous de moi ? Presque rien. Ce n'est pas vrai ?

— Je ne connais même pas votre adresse en Angleterre.

— J'habite Swinly Dean...

Je hochai la tête, indiquant par là que je n'ignorais pas ce lointain faubourg de Londres, qui tire un juste orgueil de trois excellents terrains de golf, fréquentés par les financiers de la Cité.

Elle ajouta, d'une voix rêveuse :

— Dans une petite maison biscornue...

Mon expression dut marquer quelque étonnement, car, amusée, elle m'expliqua qu'il s'agissait d'une citation.

— *Et ils vécurent tous les trois dans une petite maison biscornue !* Cette petite maison, c'est tout à fait la nôtre ! Rien que des pignons !

— Votre famille est nombreuse ?

— Nombreuse ? Un frère, une sœur, une mère, un

père, un oncle, une tante par alliance, un grand-père, une grand-tante et une grand-mère.

— Grands dieux ! m'écriai-je, un peu abasourdi.

Riant, elle reprit :

— Naturellement, nous ne demeurons pas tous ensemble. La guerre et les bombardements ont apporté du changement. Pourtant, malgré ça...

Sa voix avait pris une sorte de gravité.

— Malgré ça, il est possible que, par l'esprit, la famille ait continué à vivre ensemble, sous l'œil du grand-père et sous sa protection. C'est un monsieur, vous savez, mon grand-père. Il a plus de quatre-vingts ans, il ne mesure guère qu'un mètre cinquante-cinq et, à côté de lui, tout le monde paraît terne !

— Il doit être intéressant.

— Il l'est. C'est un Grec de Smyrne. Aristide Leonidès.

Avec un clin d'œil, elle ajouta :

— Il est extrêmement riche.

— Y aura-t-il encore quelqu'un de riche quand cette guerre sera finie ?

— Grand-père le sera toujours, dit-elle d'une voix assurée. On peut prendre toutes les mesures qu'on voudra contre le capital, elles demeureront sans effet en ce qui le concerne. Si on le plume, il plumera ceux qui l'auront plumé !

Après un court silence, elle dit encore :

— Je me demande si vous l'aimerez.

— L'aimez-vous, vous ?

— Moi ? Plus que n'importe qui au monde !

## 2

Deux années s'étaient écoulées quand je rentrai en Angleterre. Deux longues années. Durant ce temps, j'avais écrit à Sophia et elle m'avait donné de ses nouvelles assez souvent, mais nos lettres ne furent pas des lettres d'amour. Notre correspondance était celle de deux amis très chers, qui prennent plaisir à échanger leurs idées et à se communiquer leurs impressions sur la vie de chaque jour. Malgré cela, je savais que mes sentiments n'avaient pas changé et j'avais de bonnes raisons de penser qu'il en allait de même des siens à mon endroit.

Je débarquai en Angleterre par une grise journée de septembre. L'air était doux et, dans la lumière de l'après-midi finissant, les feuilles des arbres prenaient des teintes mordorées. De l'aéroport, j'envoyais un télégramme à Sophia :

*Arrivé. Voulez-vous dîner avec moi, ce soir à neuf heures, chez Mario ? Charles.*

Deux heures plus tard, je lisais le *Times* quand mes yeux, parcourant distraitement la rubrique « Nécrologie », tombèrent en arrêt sur l'avis suivant :

*Le 19 septembre, à « Three Gables »* [1], *Swinly Dean. Aristide Leonidès, époux de Brenda Leonidès, dans sa quatre-vingt-cinquième année. Regrets éternels.*

Juste en dessous, cet autre avis :

*Aristide Leonidès, subitement décédé en sa résidence de « Three Gables », Swinly Dean. De la part de ses enfants. Fleurs à l'église Saint-Eldred, Swinly Dean.*

Je trouvai ce « doublon » assez curieux, blâmai à part moi la rédaction négligente qui l'avait laissé passer et, en toute hâte, adressai à Sophia un deuxième télégramme :

*Apprends à l'instant la nouvelle de la mort de votre grand-père. Condoléances sincères. Quand pourrai-je vous voir ? Charles.*

La réponse de Sophia me parvint télégraphiquement, à six heures du soir, chez mon père :

(1) « Les Trois Pignons. »

*Serai chez Mario à neuf heures. Sophia.*

La pensée que j'allais la revoir m'empêchait de tenir en place. J'arrivai au restaurant vingt bonnes minutes en avance. Elle fut en retard d'autant.

Son apparition me donna un choc, assez différent de celui que j'attendais. Elle était en noir. La chose, pourtant toute naturelle, me surprit. Je n'imaginais pas Sophia en deuil, même pour un très proche parent ! Nous bûmes des cocktails avant de nous mettre à table et, tout de suite, nous parlâmes, l'un et l'autre, avec volubilité. Nous nous donnions des nouvelles des gens que nous avions connus au Caire, nous échangions des propos à peu près dépourvus d'intérêt, mais qui du moins nous permettaient de reprendre contact sans trop de gêne. Je lui dis toute la part que je prenais à sa douleur. Elle me répondit que la mort de son grand-père avait été « très inattendue » et se remit à parler du Caire. Je commençais à me sentir mal à l'aise. Notre conversation manquait de naturel, de sincérité. En devais-je conclure que Sophia avait rencontré un homme qu'elle me préférait et découvert qu'elle s'était trompée quant aux sentiments qu'elle pouvait éprouver envers moi ?

Je me posai ces questions jusqu'au moment où, brusquement, le café servi, une sorte de mise au point s'effectua, sans aucun effort de ma part. Le garçon s'était éloigné et je me retrouvais, comme autrefois, assis à une petite table, dans un restaurant, aux côtés de Sophia. Les mois de séparation étaient comme effacés.

— Sophia ! murmurai-je.

— Charles !

Le ton fut exactement celui que j'espérais. Je poussai un soupir de soulagement.

— Enfin ! m'écriai-je. C'est passé ! Mais qu'est-ce qu'il nous est donc arrivé ?

— Ce doit être ma faute. J'ai été idiote.

— Mais ça va mieux ?

— Ça va mieux.

Nous échangeâmes un sourire.

— Chérie !

J'ajoutai très vite et très bas :

— Quand nous marions-nous ?

Son sourire disparut.

— Je ne sais pas, Charles. Je ne suis même pas sûre de pouvoir jamais vous épouser...

— Sophia ! Mais pourquoi ? Vous trouvez que j'ai changé ? Vous avez besoin de vous réhabituer à moi ? Vous en aimez un autre ?

Elle secoua la tête.

— Non.

J'attendais. Elle dit, dans un souffle :

— C'est à cause de la mort de mon grand-père.

Je me récriai.

— Qu'est-ce à dire ? Ça ne change rien ! Vous ne supposez pas qu'une question d'argent...

— Ce n'est pas ça !

Elle eut un pauvre sourire.

— Je sais très bien, poursuivit-elle, que vous m'épouseriez sans un sou. Grand-père, d'ailleurs, n'a jamais perdu d'argent et il en laisse beaucoup...

— Alors ?

— Alors, il y a qu'il est mort... mais qu'il n'est pas mort comme tout le monde. Je crois qu'on l'a tué !

Je la regardai avec stupeur.

— Quelle idée ! Qu'est-ce qui vous fait croire ça ?

— Je ne suis pas seule à le penser. Le médecin ne voulait pas signer le certificat de décès et il y aura une autopsie. Il est évident que cette mort est suspecte.

Je n'avais point l'intention d'en discuter. Sophia était suffisamment intelligente pour que je pusse lui faire crédit.

— Ces soupçons, dis-je pourtant, ne reposent peut-être sur rien. Mais, en admettant même qu'ils soient justifiés, je ne vois pas pourquoi cela changerait quoi que ce fût en ce qui nous concerne !

— En êtes-vous bien sûr ? Vous êtes dans la diplomatie et c'est une carrière où l'on fait très attention à la femme que vous épousez. Je sais ce que vous brûlez d'envie de me répliquer. Ne le dites pas ! Ces choses-là, la politesse voudrait que vous les disiez, vous les pensez très certainement et, en principe, je suis d'accord avec vous. Seulement, je suis fière... Terriblement fière. Je veux un mariage qui ne prête pas à la médisance et il ne faut pas qu'il représente, de votre part, un demi-sacrifice. D'ailleurs, il est très possible que tout soit fort bien...

— Vous voulez dire que le médecin pourrait... s'être trompé ?

— En admettant même qu'il ne se soit pas trompé, s'il a été tué par le bon assassin, tout va bien !

Je ne comprenais plus. Elle poursuivit :

— C'est odieux, ce que je viens de dire, n'est-ce pas ? Mais ne vaut-il pas mieux être sincère ?

Elle répondit à ma question avant que je ne l'eusse formulée.

— Non, Charles, je n'ajouterai rien... et peut-être en ai-je déjà trop dit ! Si je suis venue ce soir, c'était parce que je tenais à vous déclarer moi-même que nous ne pouvions rien décider avant que cette affaire ne soit éclaircie.

— Expliquez-moi au moins de quoi il s'agit !

— Je n'y tiens pas !

— Mais...

— Non, Charles ! Je ne veux pas que vous voyiez les choses de mon point de vue à moi. Je tiens à ce que vous *nous* considériez sans préjugé aucun, de l'extérieur, comme un étranger !

— Comment le pourrais-je ?

Une lueur passa dans ses yeux bleus.

— Votre père vous le fera savoir !

J'avais dit à Sophia, au Caire, que mon père était commissaire adjoint à Scotland Yard. Il était toujours en fonctions. Ces derniers mots m'atterraient.

— Les choses, dis-je, se présentent si mal que ça ?

— J'en ai peur. Vous voyez cet homme, assis tout seul à une table, près de la porte ? Il a l'air d'un sous-officier...

— Oui.

— Eh bien ! il était sur le quai de la gare de Swinly Dean quand je suis montée dans le train.

— Il vous a suivie ?

— Oui. J'ai idée que nous sommes tous... comment dire ?... en surveillance. On nous avait plus ou moins laissé entendre que nous ferions bien de ne pas quitter la maison. Seulement, je voulais vous voir.

Projetant en avant son petit menton volontaire, elle acheva :

— Je suis sortie par la fenêtre de la salle de bains, en me laissant glisser le long de la gouttière.

— Chérie !

— Mais la police ouvre l'œil... et connaissait le télégramme que je vous avais envoyé ! Quoi qu'il en soit, nous sommes ici, tous les deux, et c'est le principal !... malheureusement, à partir de maintenant, nous allons jouer notre partie, vous et moi, chacun de notre côté...

Sa main posée sur la mienne, elle poursuivit :

— Je dis « malheureusement », parce qu'il n'est pas douteux que nous nous aimons !

— C'est bien mon avis mais il n'y a pas de quoi dire « malheureusement » ! Nous avons, vous et moi, survécu à une guerre mondiale, nous avons, vous et moi, vu la mort de près... et il n'y a aucune raison vraiment pour que le décès inopiné d'un vieillard... Au fait, quel âge avait-il ?

— Quatre-vingt-cinq ans.

— C'est juste ! C'était dans le *Times*. Entre nous soit dit, c'est un bel âge et il est tout simplement mort de vieillesse, ainsi que l'aurait reconnu tout médecin conscient de ses devoirs.

— Si vous aviez connu grand-père, vous seriez surpris qu'il ait pu mourir de quelque chose !

## 3

Je me suis toujours intéressé aux enquêtes policières de mon père, mais je n'aurais jamais pensé que l'une d'elles me passionnerait pour des raisons directes et personnelles.

Je ne l'avais pas encore revu. Il n'était pas à la maison lors de mon arrivée et, baigné, rasé, changé, j'étais tout de suite sorti pour aller rejoindre Sophia. Quand je revins, Glover me dit que mon père était dans son cabinet. Je le trouvai assis à son bureau, le nez plongé dans des papiers. Il se leva à mon entrée.

— Charles ! Un moment qu'on ne s'est vu !

Notre reprise de contact, après cinq ans de guerre, eût paru bien décevante à un Français. Pourtant, nous étions l'un et l'autre réellement émus. Le « pater » et moi, nous nous aimons bien et nous nous comprenons.

— J'ai un peu de whisky, dit-il, tout en emplissant un verre. Arrête-moi quand tu en auras assez ! Je suis désolé de n'avoir pas été à la maison pour t'accueillir à ton retour, mais j'ai du travail par-dessus la tête et je n'avais certes pas besoin de la fichue affaire qui me tombe dessus aujourd'hui !

Renversé dans un fauteuil, j'allumai une cigarette.

— Aristide Leonidès ? demandai-je.

Il me dévisagea une seconde, sourcils froncés.

— Qu'est-ce qui te fait dire ça, Charles ?

— Alors, je ne me trompe pas ?

— Comment as-tu deviné ?

— Un tuyau.

Il attendait. J'ajoutai :

— Et un tuyau sûr.

— Voyons ce que c'est !

— La chose ne va peut-être pas te plaire, repris-je. Quoi qu'il en soit, voici ! J'ai fait la connaissance de Sophia Leonidès au Caire, nous nous aimons et j'ai l'intention de l'épouser. Je l'ai vue ce soir. Elle a dîné avec moi.

— Dîné avec toi ? A Londres ? Je me demande comment elle a fait. Toute la famille avait été priée — oh ! très poliment — de ne pas bouger de chez elle !

— Je sais. Elle a filé par la fenêtre de la salle de bains, le long d'une descente d'eau.

Un sourire voleta sur les lèvres du « pater ».

— On dirait que c'est une femme de ressource !

— Mais ta police a l'œil et un de tes hommes l'a suivie jusqu'au restaurant. Je serai mentionné dans le rapport qui te sera remis : un mètre soixante-quinze, cheveux bruns, yeux bruns, complet râpé, etc.

Le regard de mon père se posa sur moi.
— Dis-moi, Charles... C'est sérieux cette histoire-là ?
— Oui, papa, répondis-je. C'est sérieux.
Il y eut un silence.
— Ça t'ennuie ? demandai-je.
— Ça ne m'aurait pas ennuyé, il y a seulement huit jours. La famille est honorable, la fille aura de l'argent... et je te connais. Tu sais garder la tête froide. Mais, dans la situation actuelle...
— Dans la situation actuelle ?
— Tout est peut-être on ne peut mieux, si...
— Si ?
— Si l'assassin est le bon.
Cette phrase, c'était la seconde fois que je l'entendais ce soir-là. Elle commençait à m'intriguer.
— Que veux-tu dire par là ?
Il m'examina du regard.
— Que sais-tu de l'affaire, exactement ?
— Rien.
— Rien ? La petite ne t'a rien raconté ?
— Non. Elle prétend préférer que je voie les choses avec des yeux non prévenus.
— Je serais curieux de savoir pourquoi.
— N'est-ce pas évident ?
— Non, Charles, je ne crois pas.
Le front soucieux, mon père fit quelques pas dans la pièce. Il avait laissé son cigare s'éteindre, signe manifeste chez lui de préoccupation.
— Que sais-tu de la famille ? me demanda-t-il soudain.
— De la famille ? Je sais qu'il y avait le grand-père et tout une collection de fils, de petits-fils et de parents par alliance. Je n'ai pas très bien saisi ce qu'ils étaient les uns par rapport aux autres... et je serais sans doute plus renseigné si tu me mettais au courant !
— C'est mon avis.
S'asseyant, il poursuivit :
— Je commencerai par le commencement, c'est-à-dire par Aristide Leonidès. Il avait vingt-quatre ans à son arrivée en Angleterre...
— C'était un Grec de Smyrne.

— Ah ! tu sais ça ?

— Oui, mais c'est à peu près tout.

La porte s'ouvrit devant Glover, qui venait annoncer l'arrivée de l'inspecteur principal Taverner.

— C'est lui qui est chargé de l'enquête, m'expliqua mon père. Je vais le faire entrer. Il a pris des renseignements sur la famille et il en sait sur elle beaucoup plus long que moi.

Je demandai si c'était la police locale qui avait sollicité l'intervention du Yard.

— L'affaire est de notre ressort, Swinly Dean appartenant à la grande banlieue.

Je connaissais Taverner depuis des années. Il me serra les mains avec chaleur et me félicita de m'être tiré indemne de la grande bagarre.

— Je suis en train de mettre Charles au courant, lui dit mon père. Vous rectifierez, si je me trompe. Leonidès donc, arriva à Londres en 1884. Il ouvrit un petit restaurant dans le quartier de Soho, gagna de l'argent, en créa un second, puis un troisième, et bientôt en posséda sept ou huit, qui faisaient des affaires excellentes.

— Le bonhomme, fit remarquer Taverner, n'a jamais commis la moindre erreur.

— Il avait du flair, déclara le « pater ». Il finit par être intéressé dans tous les restaurants un peu connus de Londres. Il s'occupa alors d'alimentation sur une grande échelle.

— Il était derrière bien des affaires d'un tout autre genre, ajouta Taverner. Des tas de choses l'intéressaient : les vêtements d'occasion, la bijouterie « fantaisie », etc. Ah ! il en a possédé, des gens !

— C'était un escroc ? demandai-je.

L'inspecteur secoua la tête.

— Je ne dis pas ça. Rusé, finaud, mais pas escroc. Il ne se mettait jamais dans le cas d'être poursuivi, mais il était de ces malins qui pensent à toutes les façons de tourner la loi. C'est comme ça que, tout vieux qu'il était, il a ramassé un gros paquet durant la guerre. Il ne faisait rien d'illégal, mais, quand il mettait quelque chose en train, il devenait urgent de voter un texte comblant la lacune dont il avait trouvé moyen de tirer parti. Quand la nouvelle loi intervenait, il s'occupait déjà d'autre chose.

— Le personnage, dis-je, ne me paraît pas avoir été bien sympathique.

— Ne croyez pas cela ! s'écria Taverner. Il l'était, avec une personnalité qui s'imposait dès l'abord. Physiquement un vrai nabot, haut comme trois pommes, terriblement laid, mais dégageant un extraordinaire magnétisme. Les femmes l'adoraient. Il fit d'ailleurs un mariage étonnant. Il épousa la fille d'un squire campagnard, grand chasseur de renards.

— Mariage d'argent ?

— Du tout ! Mariage d'amour. Elle le rencontra un jour qu'elle s'occupait d'organiser le buffet pour les fiançailles d'une de ses amies. Elle tomba amoureuse de lui et l'épousa, malgré l'opposition de ses parents. Il avait du charme, je te le répète, et dans sa famille, elle s'ennuyait à mourir.

— Et le mariage fut heureux ?

— Très heureux, si surprenant que cela paraisse ! Evidemment, leurs amis respectifs ne se fréquentèrent pas — en ce temps-là, l'argent n'avait pas encore aboli les distinctions de classes — mais la chose ne semble pas les avoir chagrinés. Ils se passaient d'amis. Ils firent construire à Swinly Dean une maison passablement ridicule, où ils vécurent et eurent beaucoup d'enfants.

— Comme dans les contes de fées !

— Le vieux Leonidès fut bien inspiré en choisissant Swinly Dean. Il n'y avait encore qu'un golf et l'endroit commençait seulement à devenir chic. La population se composait d'une part, d'habitants qui étaient là depuis fort longtemps, qui adoraient leurs jardins et à qui Mrs Leonidès fut tout de suite sympathique, et, d'autre part, de riches hommes d'affaires de la Cité, qui ne demandaient qu'à travailler avec Leonidès. Ils purent donc choisir leurs nouvelles relations. Leur union fut, je crois, parfaitement heureuse, jusqu'à la mort de Mrs Leonidès, emportée en 1905 par une pneumonie.

— Elle le laissait avec huit enfants ?

— L'un d'eux était mort en bas âge. Deux des fils

furent tués au cours de la Première Guerre mondiale. Une fille se maria et alla se fixer en Australie, où elle mourut. Une autre, encore célibataire, périt dans un accident d'auto. Une autre, enfin, mourut, il y a un an ou deux. Restaient seuls vivants, le fils aîné, Roger, marié, sans enfant, et Philip, qui a épousé une actrice assez connue dont il a trois enfants, la Sophia dont tu m'as parlé, Eustace et Joséphine.

— Et tout ce monde vit à « Three Gables » ?

— Oui. La maison de Roger Leonidès a été détruite par une bombe, tout au début de la guerre. Philip et sa famille vivent à « Three Gables » depuis 1938. Il y a aussi une vieille tante, miss de Haviland, sœur de la première Mrs Leonidès. Elle avait toujours détesté son beau-frère, mais, à la mort de sa sœur, elle considéra comme son devoir d'accepter l'invitation de Leonidès qui lui offrait de vivre chez lui et d'élever les enfants.

— Elle a un très vif sentiment de son devoir, fit observer l'inspecteur Taverner, mais elle n'est pas de celles qui changent d'avis sur les gens. Elle a continué à juger très sévèrement Leonidès et ses méthodes.

— Au total, dis-je, la maison est pleine. D'après vous, qui a tué ?

Taverner eut un geste d'ignorance.

— Trop tôt pour avoir une opinion ! Bien trop tôt !

— Allons ! répliquai-je. Je parie que vous connaissez le coupable. Dites-nous qui c'est, mon vieux ! Nous ne sommes pas au tribunal.

— Non, reprit-il d'un air sombre. Nous ne sommes pas au tribunal et il est bien possible que nous n'y allions jamais !

— Vous voulez dire que le vieux Leonidès n'aurait pas été assassiné ?

— Oh ! assassiné, il l'a été ! Mais il a été empoisonné et, les histoires de poison, c'est toujours pareil ! On a un mal de chien à trouver une preuve. Tout semble désigner quelqu'un...

— Nous y sommes ! m'écriai-je. Votre conviction est faite et, le coupable, vous le connaissez !

— Il y a une très forte présomption de culpabilité.

Elle saute aux yeux. Seulement, je ne suis sûr de rien... Et je me méfie.

Je me tournai vers le « pater », implorant des yeux son appui.

— Dans les affaires de meurtre, dit-il sans hâte, la solution qui paraît évidente est généralement la bonne. Leonidès, Charles, s'était remarié il y a dix ans.

— A soixante-quinze ans ?

— Oui. Pour épouser une fille de vingt-quatre.

J'émis un petit sifflement.

— Quel genre de femme ?

— Une petite qui travaillait dans un salon de thé. Fort respectable et jolie, dans le genre anémique et languissant.

— Et c'est elle, la très forte présomption ?

— Dame ! dit Taverner. Elle n'a que trente-quatre ans... un âge dangereux. Elle aime son confort... et il y a un homme jeune dans la maison, le précepteur des petits. Il n'a pas fait la guerre. Faiblesse cardiaque ou quelque chose comme ça... Il y a des réformés qui sont des roublards...

Je regardai Taverner. Des affaires comme ça, on en voit.

— Le poison, demandai-je, qu'était-ce ? De l'arsenic ?

— Non. Nous n'avons pas encore le rapport du toxicologue, mais le médecin croit qu'il s'agit d'ésérine.

— Un produit peu courant. Sans doute ne sera-t-il pas difficile de trouver qui l'a acheté ?

— Le problème n'est pas là. Cette ésérine appartenait à Leonidès. Des gouttes pour les yeux...

— Leonidès avait du diabète, dit mon père. On lui faisait régulièrement des piqûres d'insuline. Le produit est vendu dans de petites fioles, fermées par une membrane de caoutchouc. Avec la seringue hypodermique, on prélève le liquide nécessaire pour l'injection...

Je devinais la suite.

— Et ce n'est pas de l'insuline qu'il y avait dans le flacon, mais de l'ésérine ?

— Exactement.

— Et qui lui a fait la piqûre ?

— Sa femme.

Je comprenais maintenant ce que Sophia avait voulu dire quand elle avait parlé du « bon assassin ».

— La famille s'entend-elle bien avec la seconde Mrs Leonidès ? demandai-je.

— Non. Ils se parlent à peine.

Tout semblait de plus en plus clair. Pourtant, l'inspecteur, on le voyait, n'était pas satisfait.

— Qu'est-ce qui vous chiffonne, là-dedans ? dis-je.

— Simplement que je ne comprends pas, si elle est coupable, pourquoi elle n'a pas remplacé la fiole d'ésérine par une autre, contenant vraiment de l'insuline. Ça lui était tellement facile !

— Il y a de l'insuline dans la maison ?

— Autant qu'on veut ! Des fioles pleines... et des vides. Si elle avait fait la substitution, on peut parier à dix contre un que personne ne se serait aperçu de rien. On ne sait pas grand-chose de l'aspect du corps humain après empoisonnement par l'ésérine. Dans le cas présent, le médecin a vérifié le flacon, pour voir si la solution n'était pas trop concentrée, et, naturellement, il a tout de suite constaté qu'il contenait autre chose que de l'insuline.

— Il semble, dis-je pensivement, que Mrs Leonidès a été ou bien sotte... ou bien forte.

— Vous voulez dire...

— Qu'elle a fort bien pu spéculer sur le fait que vous en viendriez à conclure que personne ne saurait avoir été d'une telle stupidité. Y a-t-il d'autres hypothèses ? D'autres coupables possibles ?

Ce fut mon père qui, d'un ton posé, répondit à ma question.

— Pratiquement, dit-il, tous les gens de la maison peuvent avoir fait le coup. Il y avait toujours, à « Three Gables », des réserves d'insuline pour une quinzaine de jours. Il suffisait de préparer une fiole d'ésérine, de la mettre avec les autres et d'attendre. Fatalement, on devait l'utiliser un jour ou l'autre.

— Et tout le monde avait accès à la pharmacie ?

— Les fioles n'étaient pas mises sous clef, mais rangées sur un rayon, dans la salle de bains. Tout le monde circulait dans cette partie de la maison.

— Mais le mobile ?

Le « pater » soupira.

— Leonidès, mon cher Charles, était immensément riche. Il avait donné aux siens beaucoup d'argent, c'est vrai, mais peut-être l'un d'eux en voulait-il plus...

— Probabilité : celle qui est aujourd'hui sa veuve. Son... soupirant est-il riche ?

— Lui ? Il est pauvre comme une souris d'église !

La comparaison me frappa. Elle me rappelait la citation faite par Sophia et, brusquement, les vers de la ronde enfantine me revinrent en mémoire :

*Il y avait un petit homme biscornu, qui se promenait [sur une route biscornue.*
*Il trouva une piécette biscornue, près d'une tuile [biscornue.*
*Il y avait un chat biscornu, qui attrapa une souris [biscornue.*
*Et ils vécurent tous les trois dans une petite maison [biscornue.*

— Quelle impression vous donne Mrs Leonidès ? demandai-je à Taverner. Que diable pensez-vous d'elle ?

Il prit son temps pour répondre.

— Pas facile à dire !... Pas du tout, même !... Allez déchiffrer une femme comme ça ! Elle est très calme, très tranquille... et on ne sait pas ce qu'elle pense. Tout ce que je sais, c'est qu'elle aime se la couler douce, j'en mettrais ma main au feu !... Elle me fait songer à une grosse chatte paresseuse en train de ronronner... Notez que je n'ai rien contre les chats ! Ils sont très bien, les chats...

— Ce qu'il nous faudrait, c'est une preuve !

C'était bien mon avis. Il nous fallait une preuve. La preuve que Mrs Leonidès avait empoisonné son mari. Cette preuve, Sophia la voulait, je la voulais, l'inspecteur principal Taverner la voulait.

Quand nous l'aurions, tout serait pour le mieux dans le meilleur des mondes.

Seulement, Sophia n'était sûre de rien, je n'étais sûr de rien et il me semblait que l'inspecteur principal Taverner, lui non plus, n'était sûr de rien...

# 4

Le lendemain, je me rendis à « Three Gables », avec Taverner. Ma position personnelle ne laissait pas que d'être assez curieuse. Elle était, pour le moins qu'on puisse dire, peu orthodoxe. Il est vrai que le « pater » n'avait jamais poussé à l'extrême le respect de l'orthodoxie.

Au commencement de la guerre, ayant travaillé avec les services spéciaux de contre-espionnage de l'Intelligence Service, je pouvais, à la rigueur me prétendre policier.

Seulement, cette fois, il s'agissait de tout autre chose.

— Si nous venons jamais à bout de cette affaire-là, m'avait déclaré mon père, ce sera *de l'intérieur*. Il faut que nous sachions tout des gens qui habitent cette maison et, les renseignements que nous voulons, si quelqu'un peut les obtenir, c'est toi !

La chose ne me plaisait guère.

— Autrement dit, avais-je répliqué, je ferai l'espion ? J'aime Sophia, elle m'aime — du moins, je veux le croire — et je vais profiter de ça pour me documenter sur les secrets de la famille !

Le « pater » avait haussé les épaules et répliqué avec mauvaise humeur.

— Ne vois donc pas les choses à la façon d'un petit boutiquier ! Tu ne supposes pas, j'imagine, que la dame de tes pensées a tué son grand-père ?

— Bien sûr que non !

— Je suis assez de ton avis là-dessus. Seulement, il y a une chose qui est sûre : c'est que cette jeune personne, tu ne l'épouseras pas aussi longtemps que cette affaire n'aura pas été tirée au clair, j'en ai l'absolue certitude. Or, prends-en bien note, ce crime est de ceux qui pourraient fort bien rester impunis. Il est parfaitement possible, que tout en sachant pertinemment que c'est la veuve qui a fait le coup, avec la complicité de son... soupirant, nous nous trouvions dans l'incapacité de le prouver. Jusqu'à présent, nous ne pouvons retenir contre elle aucune charge. Tu t'en rends compte ?

— Bien sûr, mais...

Le paternel ne m'écoutait pas et suivait son idée.

— Ne crois-tu pas, par conséquent, que ce serait une bonne idée que d'exposer clairement la situation à Sophia ? Simplement, histoire de voir ce qu'elle en pense ?

J'ergotai encore, mais le lendemain, comme je viens de le dire, je m'en allai à Swinly Dean, avec l'inspecteur principal Taverner et le sergent Lamb.

Un peu après le terrain de golf, nous engageâmes notre voiture dans une large allée qui, avant la guerre, avait dû être fermée par une grille imposante, ayant vraisemblablement pris le chemin de la fonte au cours des hostilités. Nous roulâmes un instant entre deux haies de rhododendrons, pour nous arrêter enfin sur le vaste terre-plein qui s'étendait devant la villa.

Que cette maison s'appelât « Three Gables », c'était proprement incroyable. Des pignons, j'en comptai onze, qui composaient un ensemble extraordinaire. Biscornu, Sophia avait dit le mot. Aucun n'eût pu être plus exact. C'était une villa, mais de proportions si exagérées qu'on avait l'impression de la voir sous le grossissement d'une loupe énorme, une villa qui avait l'air d'avoir poussé en vingt-quatre heures, comme un champignon, une invraisemblable construction, tourmentée à l'excès. C'était là, je le compris tout de suite, non pas une villa anglaise, mais l'*idée* qu'un restaurateur grec — et richissime — pouvait se faire d'une villa anglaise. Un château manqué, dont les plans n'avaient évidemment pas été soumis à la première Mrs Leonidès. J'aurais aimé savoir si, la première fois qu'elle l'avait aperçu, l'ensemble l'avait amusée ou épouvantée.

— Plutôt époustouflant, hein ? me dit l'inspecteur. Il paraît que l'intérieur est agencé comme le plus ultramoderne des palaces, mais, du dehors, c'est une drôle de bicoque ! Vous ne trouvez pas ?

Je n'eus pas le temps de répondre : Sophia, en chemisette verte et jupe de tweed, apparaissait sous le porche de l'entrée principale. M'apercevant, elle s'immobilisa net.

— Vous ? s'écria-t-elle.

— Eh ! oui, dis-je. Il faut que je vous parle. Est-ce possible ?

Elle hésita une seconde, puis, prenant son parti, me fit signe de la suivre. Nous traversâmes une pelouse et un petit bois de sapins. Elle m'invita à m'asseoir à côté d'elle, sur un banc rustique, assez dépourvu de confort, mais heureusement situé. Le regard s'en allait très loin dans la campagne.

— Alors ? me dit-elle.

Le ton n'avait rien d'encourageant.

Je m'expliquai. Longuement et complètement. Elle m'écouta avec attention. Quand j'eus terminé, elle poussa un long soupir.

— Votre père est un monsieur très fort, dit-elle ensuite sans ironie.

— Il a son idée. Personnellement, elle ne m'emballe pas, mais...

— A mon avis, elle est loin d'être mauvaise et c'est le seul moyen d'arriver à quelque chose. Votre père, Charles, comprend beaucoup mieux que vous mon état d'esprit !

Elle se tordait les mains.

— Il faut absolument que je sache la vérité !

— A cause de nous ? dis-je. Mais, ma chérie, peu importe !

De nouveau, elle m'interrompit :

— Il ne s'agit pas seulement de nous, Charles ! Je ne serai tranquille que quand je saurai ce qui s'est passé, exactement. Je n'ai pas osé vous le dire hier soir, mais, la vérité, c'est que j'ai peur !

— Peur ?

— Oui, peur. Terriblement peur. Pour la police, pour votre père, pour vous, l'assassin, c'est Brenda !

— Les probabilités...

— Je ne prétends pas le contraire. Seulement, quand je dis : « C'est Brenda qui l'a tué ! », je me rends compte que je ne dis pas ce que je pense, mais ce que je souhaite.

— Vous croyez donc...

— Je ne crois rien du tout ! J'ai simplement l'impression que Brenda n'est pas femme à risquer un coup pareil. Elle est bien trop prudente !

— Soit ! Mais ce Laurence Brown avec qui elle est en si bons termes ?

— Laurence ? Il est peureux comme un lièvre ! Le cran lui aurait manqué.

— Sait-on ?

— Evidemment, on ne peut rien affirmer ! On se fait une idée des gens et, par la suite, on découvre qu'ils ne sont pas du tout comme on les imaginait. Mais, malgré ça, je ne crois pas à la culpabilité de Brenda. Elle était née, je ne saurais mieux dire, pour vivre dans un harem. Rester assise toute la journée, manger des bonbons, avoir de beaux vêtements, des bijoux, lire des romans et aller au cinéma, voilà pour elle l'existence idéale ! J'ajoute, si surprenant que cela puisse paraître, étant donné qu'il avait quatre-vingt-cinq ans, qu'elle ressentait, je pense, beaucoup d'affection pour mon grand-père. Ce n'était pas un homme banal, vous savez ! Il devait lui donner l'impression d'être la favorite du sultan, une jeune personne très romantique, qui voulait qu'on s'occupât d'elle. Il avait toujours su manier les femmes et, même avec l'âge, c'est un art qu'on ne perd pas !

Laissant Brenda de côté pour le moment, je revins sur un point qui me tracassait.

— Vous avez dit tout à l'heure que vous aviez peur, Sophia. Pourquoi ?

— Parce que c'est vrai, me répondit-elle, baissant la voix. Ce qu'il faut que vous compreniez bien, c'est que nous formons une famille assez étrange, composée de gens impitoyables, mais qui ne sont pas tous impitoyables de la même façon.

Mon visage exprimant une incompréhension totale, elle poursuivit :

— Je vais essayer de vous expliquer ce que je veux dire. Prenons grand-père, par exemple. Un jour, dans la conversation, il racontait, comme si la chose eût été toute naturelle, que, dans sa jeunesse, à Smyrne, il avait tué deux hommes à coups de poignard. Il croyait se rappeler qu'ils l'avaient insulté, mais il n'en était plus bien sûr. Il disait ça très simplement et je vous certifie que de tels propos sont assez déconcertants quand on vous les tient à Londres.

J'acquiesçai du chef. Elle reprit :

— Ma grand-mère était tout aussi insensible, mais dans un genre différent. Je l'ai à peine connue, mais on m'a beaucoup parlé d'elle. J'ai idée qu'elle n'avait pas de cœur parce qu'elle manquait d'imagination. Elle avait été élevée parmi les chasseurs de renards, de vieux généraux, très chatouilleux sur le point d'honneur et toujours prêts à tirer un coup de fusil, toujours disposés à expédier leur prochain dans l'autre monde.

— Ne noircissez-vous pas un peu le tableau ?

— Je ne crois pas. On peut être très droit et n'avoir de pitié pour personne. Ma mère, elle, c'est autre chose. Elle est adorable, mais terriblement égoïste, sans d'ailleurs s'en douter. Il y a des moments où elle m'effraie. Clemency, la femme de l'oncle Roger, est une scientifique, qui poursuit je ne sais quelles importantes recherches. Son sang-froid a quelque chose d'inhumain. Son mari, c'est le contraire : le meilleur garçon de la terre, un être charmant, avec des colères épouvantables. Dans ces moments-là, il ne sait plus ce qu'il fait. Quant à Papa...

Elle se tut pendant quelques secondes.

— Quant à Papa, il a presque trop d'empire sur lui-même. On ne sait jamais ce qu'il pense, il ne laisse jamais rien deviner de ses sentiments. C'est peut-être parce que Maman laisse trop déborder les siens. De toute façon, quelquefois, il m'inquiète :

— J'ai l'impression, jeune personne, que vous vous faites bien du mauvais sang, et cela sans raison. Si j'ai bien compris, d'après vous, tous ces gens-là seraient capables d'un crime ?

— Oui. Et moi aussi !

— Vous ? allons donc !

— Et pourquoi ferais-je exception, Charles ? Il me semble que je pourrais parfaitement assassiner quelqu'un.

Après un silence, elle ajouta :

— Seulement, il faudrait que cela en valût vraiment la peine.

J'éclatai de rire malgré moi. Sophia sourit.

— Je suis peut-être une sotte, reprit-elle. L'essentiel est que nous trouvions la vérité, que nous sachions qui a tué mon grand-père. Si seulement ce pouvait être Brenda !

Brusquement, je me mis à penser avec une sympathie apitoyée à Brenda Leonidès.

## 5

Suivant le sentier d'un pas rapide, une haute silhouette venait vers nous.

— La tante Edith, me souffla Sophia.

La tante approchait. Elle portait un chapeau de feutre informe, une vieille jupe et un chandail qui n'était plus neuf. Je me levai. Sophia fit les présentations.

— Charles Hayward, ma tante... Ma tante, miss de Haviland.

Edith de Haviland devait avoir autour de soixante-dix ans. Ses cheveux gris étaient mal peignés et elle avait le teint hâlé des personnes qui aiment le grand air.

— Comment allez-vous ? me demanda-t-elle, tout en me dévisageant avec curiosité. J'ai entendu parler de vous. Il paraît que vous arrivez d'Orient. Votre père va bien ?

— Très bien, je vous remercie.

— Je l'ai connu quand il n'était encore qu'un enfant, reprit miss de Haviland. Je connaissais très bien sa mère, à qui vous ressemblez d'ailleurs. Etes-vous venu pour nous aider... ou est-ce le contraire ?

Je me sentais mal à l'aise.

— J'espère, dis-je, que je vous serai de quelque utilité.

Elle approuva d'un mouvement de tête.

— Ça ne serait pas une mauvaise chose ! La maison grouille de policemen. Ils fouinent partout et il y en a, dans le nombre, qui ont de bien vilaines figures. Je ne comprends pas qu'un garçon qui a reçu une éducation avouable entre dans la police. L'autre jour, j'ai aperçu le petit Moyra Kinoul qui réglait la circulation, à deux pas de Marble Arch [1]. Quand on voit ça, on se demande si le monde tourne toujours rond !

S'adressant à Sophia, elle ajouta :

— Nannie voudrait te voir. Pour le poisson...

— Zut ! s'écria Sophia. J'y vais.

Elle partit en direction de la maison. La vieille demoiselle et moi, nous nous mîmes en route derrière elle.

— Sans cette brave Nannie, dit-elle, nous serions perdus. C'est la fidélité même... et elle fait tout : elle lave, elle repasse, elle cuisine, elle fait le ménage... Une servante comme on n'en voit plus ! C'est moi-même qui l'ai choisie, il y a bien des années.

Elle se baissa pour arracher d'un geste énergique un liseron qui s'était accroché au bas de sa jupe. Se redressant, elle poursuivit :

— J'aime autant vous dire, Charles Hayward, que cette histoire me déplaît souverainement. Je ne vous demande pas ce qu'en pense la police, car vous n'avez sans doute pas le droit de me le dire, mais, pour ma part, j'ai peine à croire qu'Aristide a été empoisonné. J'ai même du mal à penser qu'il est mort. Je ne l'ai jamais aimé, jamais, mais je ne peux pas me faire à l'idée qu'il n'est plus. Lui parti, la maison est si... si vide !

Je me gardai d'ouvrir la bouche. Edith de Haviland semblait disposée à rappeler ses souvenirs.

— J'y songeais ce matin... Il y a des années que je vis ici. Quarante et plus... J'y suis venue à la mort de ma sœur, à la demande même d'Aristide. Elle lui laissait sept enfants, dont le plus jeune n'avait pas un an... Je n'allais pas abandonner l'éducation de ces petits à cet étranger, n'est-ce pas ? Je vous accorde que Marcia avait fait un mariage impossible. J'ai toujours eu le sentiment qu'elle avait été ensorcelée par ce nabot, aussi laid que vulgaire. Mais je dois reconnaître qu'il m'a laissé les mains libres. Les enfants ont eu des nur-

(1) Marble Arch, l'ancienne porte de Hyde Park, est l'un des plus célèbres monuments de Londres, inspiré de l'Arc de Constantin à Rome.

ses, des gouvernantes, tout le nécessaire... et ils ont été nourris comme il convenait. On ne leur a pas donné de ces plats de riz, odieusement pimentés, dont il se régalait !

— Et vous êtes restée, même lorsqu'ils eurent grandi ?

— Oui. C'est curieux, mais c'est comme ça. J'imagine que c'est sans doute parce que le jardin m'intéressait... Et puis, il y avait Philip. Quand un homme épouse une actrice, il ne peut guère compter qu'il aura un foyer. Pourquoi les comédiennes ont-elles des enfants ? Elles les mettent au monde et elles s'en vont jouer leur répertoire à Edimbourg ou à l'autre bout du monde. Philip a pris une décision sensée : il s'est installé ici, avec ses livres.

— Que fait-il, dans la vie ?

— Il écrit. Pourquoi ? Je me le demande ! Personne n'a envie de lire ses livres, qui mettent au point des détails historiques dont personne ne se soucie. Vous les avez lus ?

Je confessai que non.

— Le fâcheux, pour lui, reprit-elle, c'est qu'il a trop d'argent. Les gens prennent du sérieux quand il faut qu'ils gagnent leur vie.

— Ses livres lui rapportent gros ?

— Pensez-vous ! Il passe pour faire autorité pour je ne sais plus quel siècle, mais il n'a pas besoin de faire de l'argent avec ses bouquins. Aristide, pour éviter de payer des droits de succession, lui a fait une donation de quelque cent mille livres sterling. Une somme fantastique ! Il tenait à ce que ses enfants fussent financièrement indépendants. Roger dirige l'Associated Catering, une affaire d'alimentation. Sophia a des revenus très coquets et l'avenir des petits est assuré.

— De sorte que la mort du grand-père ne profite à personne en particulier ?

La vieille demoiselle s'arrêta et me considéra d'un regard surpris.

— Vous plaisantez ! Elle profite à tout le monde. Ils auront, tous, plus d'argent encore ! Il leur aurait, d'ailleurs, probablement suffi de demander pour obtenir tout ce qu'ils auraient voulu.

— A votre avis, miss de Haviland, qui l'a empoisonné ? Vous avez une idée ?

Elle répondit sans hésiter :

— Pas la moindre ! Ça m'ennuie, parce qu'il me déplaît de penser qu'il y a une espèce de Borgia dans la maison, mais j'imagine que la police mettra ça sur le dos de la pauvre Brenda.

— Vous dites ça comme si vous étiez sûre que, ce faisant, elle commettra une erreur !

— A franchement parler, je n'en sais rien. Je l'ai toujours tenue pour une femme passablement stupide, commune et très ordinaire. Ce n'est pas ainsi que je vois une empoisonneuse. Malgré ça, quand une personne de vingt-quatre ans épouse un monsieur qui en a près de quatre-vingts, on est en droit de penser qu'elle fait un mariage d'argent. Normalement, Brenda pouvait se dire, quand elle est devenue Mrs Leonidès, qu'elle ne tarderait pas à devenir une veuve bien rentée. Mais Aristide avait la vie dure, son diabète n'empirait pas et il semblait parti pour vivre cent ans. Elle s'est peut-être lassée d'attendre...

— Auquel cas...

Miss de Haviland ne me permit pas d'achever.

— Auquel cas, tout serait on ne peut mieux. On parlerait, bien sûr. Mais, après tout, elle ne fait pas partie de la famille !

— Vous ne voyez pas d'autres hypothèses ?

— Ma foi non !

Etait-ce bien certain ? J'en doutais. Miss de Haviland en savait peut-être beaucoup plus long qu'elle ne l'admettait et je me demandais même s'il n'était pas possible qu'elle eût elle-même empoisonné Aristide Leonidès ? Pourquoi non ? Ce liseron, tout à l'heure, elle l'avait arraché d'un geste net et décidé. Je pensais à ce que m'avait dit Sophia. Tous les hôtes de « Three Gables » étaient capables de tuer.

A condition d'avoir pour cela de bonnes et suffisantes raisons.

Quelles auraient pu être celles d'Edith de Haviland ?

Je me posais la question, mais, pour y répondre, il m'eût fallu mieux connaître la vieille demoiselle.

# 6

La porte d'entrée était ouverte. Nous traversâmes un hall étonnamment vaste, meublé avec sobriété : chêne sombre et cuivres étincelants. Au fond, à l'endroit où normalement eût dû se trouver l'escalier, il y avait un mur, avec une porte au milieu.

— Par là, me dit miss de Haviland, on va chez mon beau-frère. Le rez-de-chaussée est à Philip et à Magda.

Par un couloir ouvrant sur la gauche, nous gagnâmes un salon élégant et de belles dimensions : cloisons tapissées de bleu pâle, meubles cossus, et partout, des photographies d'acteurs. Il y avait des danseuses de Degas au-dessus de la cheminée et, dans tous les coins, des vases d'où jaillissaient des fleurs, d'énormes chrysanthèmes et des roses.

— J'imagine que vous désirez rencontrer Philip ?

La question de la vieille demoiselle m'amena à me le demander. Tenais-je à le voir ? Je n'en avais pas la moindre idée. J'étais venu pour voir Sophia. C'était fait. Elle avait hautement approuvé le plan du « pater », mais depuis elle avait disparu de la scène, pour se rendre à la cuisine où elle s'occupait du poisson ! J'aurais voulu recevoir d'elle une indication quant à la façon d'aborder le problème. Devais-je me présenter à Philip Leonidès comme un jeune homme amoureux de sa fille, comme un monsieur désireux de faire sa connaissance (pour quelque raison à inventer), ou, simplement, comme un collaborateur de la police ?

Miss de Haviland ne me laissa pas le temps de réfléchir. Elle avait fait mine de m'interroger par politesse, mais ma réponse lui était inutile.

— Allons à la bibliothèque ! dit-elle.

Un nouveau couloir, une porte encore et nous nous trouvâmes dans une pièce immense, où les livres montaient jusqu'au plafond. Il y en avait partout, sur les tables, sur les fauteuils, et même par terre, mais ils ne donnaient point une impression de désordre. L'endroit me parut froid : il y manquait une odeur que je m'attendais à y respirer. Celle du tabac. Très certainement, Philip Leonidès ne fumait pas.

Il était assis à son bureau. Il se leva à notre entrée. C'était un homme d'une cinquantaine d'années, grand et fort beau. On m'avait tellement répété qu'Aristide Leonidès était laid que je ne m'étais nullement préparé à trouver chez son fils des traits d'une telle perfection : un nez droit, un visage d'un ovale régulier, encadré de cheveux légèrement touchés de gris, coiffés en arrière, au-dessus d'un front intelligent.

Edith de Haviland nous ayant présentés l'un à l'autre, il me serra la main et me demanda, le plus banalement du monde, comment je me portais. Avait-il jamais entendu parler de moi ? J'aurais été incapable de le dire. Il était clair que je ne l'intéressais pas. Ce qui m'agaçait un peu.

— Où sont donc les policiers ? demanda miss de Haviland. Ils sont venus vous voir ?

Jetant un coup d'œil sur une carte de visite posée sur son bureau, il répondit :

— J'attends l'inspecteur principal... Taverner, d'un moment à l'autre.

— Où est-il pour l'instant ?

— Je l'ignore, ma tante. Probablement en haut.

— Avec Brenda ?

— J'avoue que je n'en sais rien.

Philip Leonidès ne donnait vraiment pas l'impression d'un monsieur qui pouvait avoir trempé dans un crime.

— Magda est debout ?

— Je l'ignore. Il est rare qu'elle se lève avant onze heures.

— Il me semble que je l'entends.

Miss de Haviland avait perçu le son d'une voix haut perchée, qui se rapprochait rapidement. Bientôt, une femme entrait dans la pièce. Je devrais dire plutôt qu'elle « fit son entrée ».

Elle fumait, un long fume-cigarette entre les dents, et retenait de la main un négligé de satin couleur de pêche. Une cascade de cheveux d'un blond vénitien tombait sur ses épaules et son visage n'était pas encore maquillé. Elle avait des yeux très grands et très bleus. Elle parlait très vite, d'une voix un peu rauque, mais non dépourvue de charme. Son articulation était parfaite.

— Je n'en puis plus, mon cher, je n'en puis plus ! Quand je pense à tout ce que la presse va raconter... Bien sûr, il n'y a encore rien dans les journaux, mais cela ne tardera plus maintenant... et je ne sais pas comment je devrai m'habiller pour l'enquête ! Il faut quelque chose de discret, mais pas du noir... Une robe d'un pourpre un peu sombre, peut-être ? Seulement, je n'ai plus un ticket de textiles et j'ai égaré l'adresse de cet odieux bonhomme qui m'en vend... Tu sais, ce garagiste de Shaftesbury Avenue ? Je pourrais aller le voir, mais, si je vais là-bas, la police me suivra et Dieu sait ce qu'elle imaginera !... J'admire ton calme, Philip. Mais comment peux-tu prendre les choses avec tant de flegme ? Tu ne te rends donc pas compte que nous ne pouvons même plus sortir de la maison ? N'est-ce pas une honte ? Quand on songe à ce que le pauvre cher homme était pour nous et à l'affection qu'il nous portait, en dépit de tout ce que cette vilaine femme faisait pour nous brouiller ! Car, si nous étions partis, elle serait parvenue à ses fins, l'horrible créature ! Le pauvre cher homme allait sur ses quatre-vingt-dix ans et, à cet âge-là, quand une intrigante est sur place, la famille, si elle est loin, est en droit de tout redouter. A part ça, je crois que ce serait le moment de monter la pièce sur Edith Thompson. Ce meurtre va nous valoir une publicité formidable. Bildenstein m'a dit qu'il pourrait obtenir le Thespian Theatre, où cette tragédie en vers sur les mineurs ne saurait se maintenir à l'affiche longtemps encore. Le rôle est magnifique. Je sais bien qu'il y a des gens qui prétendent que je dois me cantonner dans la comédie, à cause de mon nez, mais je vois très bien les effets que je tirerais du texte... Des effets auxquels l'auteur n'a sans doute pas pensé. Je jouerai le personnage en le poussant vers le banal, vers le simple, jusqu'au moment où...

Brusquement, elle lança le bras. La secousse fit tomber sa cigarette sur l'acajou du bureau. Philip, très calme, la ramassa, l'éteignit et la jeta dans la corbeille à papier.

— Jusqu'au moment, acheva-t-elle, où je ferai passer sur la salle un frisson de terreur...

Son visage avait pris une expression horrifiée et, durant quelques secondes, elle fut une autre femme, une créature épouvantée par le tragique destin qui l'accablait. Puis ses traits se détendirent et, se tournant vers moi, elle me demanda le plus simplement du monde si ce n'était pas comme cela qu'on devait comprendre le personnage.

Je répondis que j'en étais persuadé. Je ne connaissais rien de la pièce, je ne me rappelais que très vaguement qui était Edith Thompson, mais je tenais à gagner la sympathie de la mère de Sophia.

— Au fond, reprit-elle, cette femme ressemble assez à Brenda. Je n'y avais jamais pensé, mais le point ne manque pas d'intérêt. Je ferais peut-être bien de le signaler à l'inspecteur.

— Est-il bien indispensable que tu le voies, Magda ? Tout ce qu'il a besoin de savoir, je puis le lui dire.

Elle protesta avec énergie.

— Mais il faut absolument que je lui parle, mon chéri ! Tu manques d'imagination et l'importance des menus détails t'échappe complètement. Il importe qu'il soit renseigné de façon très précise, qu'il sache toutes ces petites choses que certains d'entre nous ont observées, qui nous ont paru sur le moment inexplicables et qui...

Sophia, qui entrait, coupa la parole à sa mère.

— Voyons, maman, tu ne vas pas raconter à l'inspecteur un tissu de mensonges !

— Mais, Sophia, mon amour...

— Je sais que tout est au point dans ton esprit, ma chère maman, et que tu lui donnerais un excellent spectacle, mais j'ai la conviction que tu te trompes du tout au tout.

— Allons donc ! Tu ne sais pas...

— Je sais fort bien. Il faut jouer ça tout autrement. Parler peu, garder tout pour soi, rester sur ses gardes, protéger la famille...

Une perplexité enfantine se lisait sur le visage de Magda.

— Alors, tu crois vraiment...

— Aucun doute, maman. On ne sait rien, voilà le principe.

Sophia ajouta, cependant qu'un sourire détendait les traits maternels :

— Je t'ai fait du chocolat. Il t'attend sur la table du salon.

— Bonne idée, ma chérie. Je meurs de faim !

Sur le seuil, Magda se retourna pour prononcer une ultime réplique, dont je n'aurais su dire si elle s'adressait à moi ou aux rayons chargés de livres qui se trouvaient derrière mon dos :

— Vous ne sauriez imaginer quelle bénédiction c'est pour une maman que d'avoir une fille qui l'aime !

Elle sortit là-dessus.

— Dieu sait ce qu'elle racontera à la police ! dit miss de Haviland avec un soupir.

— Elle sera très bien, déclara Sophia.

— Elle est capable de dire n'importe quoi !

— Rassurez-vous, ma tante ! répliqua Sophia. Elle suivra les instructions du metteur en scène et le metteur en scène, c'est moi !

Ayant dit, elle sortit, vraisemblablement pour aller rejoindre sa mère. Elle revint presque aussitôt pour annoncer à son père que l'inspecteur principal Taverner désirait le voir.

— J'espère, ajouta-t-elle que tu ne vois pas d'inconvénient à ce que Charles assiste à l'entretien ?

La requête me parut surprendre quelque peu Philip Leonidès — il y avait de quoi ! — mais il n'en répondit pas moins, sincère d'ailleurs, que la chose lui était indifférente.

Un instant plus tard, l'inspecteur principal Taverner entrait. Solide, massif et rassurant. Il salua et ce fut miss de Haviland qui parla la première.

— Avez-vous besoin de moi, monsieur l'inspecteur ?

— Pas pour le moment, mademoiselle. Plus tard, si vous pouvez m'accorder quelques minutes...

— Mais certainement. Vous me trouverez en haut.

Elle sortit. Taverner s'assit dans un fauteuil. Philip Leonidès avait repris place derrière son bureau. L'inspecteur commença :

— Je sais, monsieur Leonidès, que vous êtes un homme très occupé et je ne vous dérangerai pas longtemps. Je dois cependant vous informer que nos soupçons se trouvent confirmés. Votre père n'est pas mort de mort naturelle, mais empoisonné par une dose excessive de physostigmine, produit plus communément connu sous le nom d'ésérine.

Philip acquiesça de la tête. Il ne paraissait pas autrement ému.

— Ce que je viens de vous dire, poursuivit Taverner, vous suggère-t-il quelque réflexion particulière ?

— Aucune. Pour moi, mon père a été victime d'un lamentable accident.

— Vous croyez ?

— La chose me semble très possible. Il était plus qu'octogénaire, ne l'oublions pas, et sa vue très mauvaise.

— De sorte que, confondant ses flacons d'ésérine et d'insuline, il aurait versé le contenu d'une fiole dans une autre ? Ça vous paraît vraisemblable ?

Philip Leonidès ne répondit pas.

— La fiole des gouttes pour les yeux, reprit Taverner, nous l'avons retrouvée dans une boîte à ordures. Elle ne porte aucune empreinte digitale, ce qui ne laisse pas que d'être en soi assez curieux. On devrait trouver dessus soit celles de votre père lui-même, soit celles de sa femme ou de son domestique.

Philip leva la tête.

— C'est vrai, au fait ! Il y a le domestique. Vous vous êtes occupé de lui ?

— Voulez-vous dire, monsieur Leonidès, que Johnson pourrait être le meurtrier ? Il avait, je vous l'accorde, toutes facilités pour commettre le crime. Seulement, dans son cas, ce qu'on n'aperçoit pas, c'est le mobile. Votre père avait l'habitude de lui donner chaque année des étrennes, toujours de plus en plus importantes. Il lui avait bien précisé qu'elles remplaceraient le legs qu'il eût pu lui faire par testament.

Ces étrennes, après sept ans, représentaient une somme considérable, qui allait toujours en augmentant. Johnson avait évidemment intérêt à ce que votre père vécût le plus longtemps possible. De plus, il s'entendait parfaitement avec lui et son passé était irréprochable. C'est un domestique dévoué et connaissant son affaire.

Après une pause, il conclut :

— Pour nous, Johnson n'est pas suspect.

— Je vois, murmura Philip d'une voix posée.

— Vous serait-il possible, monsieur Leonidès, reprit Taverner, de me dire ce que vous avez fait, le jour où votre père est mort ?

— Très certainement, inspecteur. Je n'ai pas bougé de cette pièce, de toute la journée. Sauf, bien entendu, à l'heure des repas.

— Vous n'avez pas vu votre père ?

— Je suis allé lui dire bonjour après le petit déjeuner, ainsi que j'en avais l'habitude.

— A ce moment-là, vous vous êtes trouvé seul avec lui ?

— Ma... belle-mère était dans la pièce.

— Vous a-t-il paru tel qu'à l'ordinaire ?

Avec une ironie à peine perceptible, Philip répondit que son père ne semblait pas le moindrement se douter qu'il serait assassiné dans la journée. Taverner posa une nouvelle question.

— Il vivait dans une partie de la maison complètement distincte de celle-ci ?

— Oui. On ne peut y accéder que par la porte qui se trouve dans le hall d'entrée.

— Cette porte est fermée à clef ?

— Non.

— Jamais ?

— A ma connaissance, jamais.

— On peut donc passer librement de cette partie de la maison dans l'autre et inversement ?

— Oui.

— Comment avez-vous appris la mort de votre père ?

— Mon frère Roger, qui occupe l'aile ouest du premier étage, est arrivé, tout courant, dans mon bureau, pour me dire que notre père venait d'avoir une faiblesse, qu'il respirait avec peine et semblait très mal.

— Qu'avez-vous fait ?

— J'ai téléphoné au médecin, nul ne paraissant avoir songé à le faire. Il n'était pas chez lui. J'ai laissé pour lui un message le priant de venir le plus tôt possible, puis je suis monté au premier étage. Mon père était effectivement au plus mal. Il est mort avant l'arrivée du médecin.

Il n'y avait pas la moindre trace d'émotion dans la voix de Philip. Il énonçait des faits, simplement.

— Où se trouvaient les autres membres de votre famille ?

— Ma femme était à Londres. Elle est rentrée peu après. Sophia, je crois, était absente, elle aussi. Les deux petits, Eustace et Joséphine, étaient à la maison.

— J'espère, monsieur Leonidès, que vous ne prendrez pas ma question en mauvaise part, si je vous demande dans quelle mesure la mort de votre père modifiera votre situation financière.

— Je me rends très bien compte, inspecteur, que ce sont là des choses que vous avez besoin de savoir. Mon père avait tenu, il y a bien des années déjà, à assurer à chacun de nous son indépendance financière. A l'époque, il fit de mon frère le directeur et le principal actionnaire de l'Associated Catering, la plus importante de ses sociétés. Il me donna, à moi, ce qu'il considérait comme équivalent de ce qu'il donnait à mon frère, une très grosse somme, des valeurs diverses, représentant exactement un capital de cent cinquante mille livres, dont j'étais libre de disposer à mon gré. En même temps, il faisait de très généreuses donations à mes deux sœurs, qui sont mortes aujourd'hui.

— Sa fortune personnelle, cependant, restait considérable ?

— Non, il n'avait gardé pour lui qu'un revenu relativement fort modeste. Afin, disait-il, de conserver un intérêt dans l'existence...

Souriant pour la première fois, Philip ajouta :

— Depuis, il avait fait toutes sortes d'affaires et

était redevenu plus riche qu'il ne l'avait jamais été.

— Vous avez décidé, votre frère et vous-même, de venir vivre ici. Etait-ce à la suite de... difficultés financières ?

— Nullement, mais simplement parce que cela nous plaisait. Mon père nous avait toujours répété qu'il serait heureux de nous voir nous installer sous son toit. Différentes considérations d'ordre domestique m'ont incité à le faire, indépendamment de l'affection très réelle que j'avais pour lui, et, en 1937, je me suis établi ici avec ma famille. Je ne paie pas de loyer, mais je prends ma part des charges, proportionnellement aux locaux que j'occupe. Lui-même se fixa ici en 1943, quand sa maison de Londres fut écrasée par une bombe.

— Puis-je vous demander, monsieur Leonidès, si vous avez une idée de ce que peuvent être les dispositions testamentaires de votre père ?

— Je les connais fort bien. Il a refait son testament en 1945, dès la fin des hostilités. Il nous a réunis tous, en une sorte de conseil de famille et, à sa demande, son avoué nous a communiqué l'essentiel des dispositions contenues dans son testament. J'imagine que Mr Gaitskill vous les a déjà fait connaître. En gros, il laissait à sa veuve une somme de cent mille livres, tous droits payés, qui venait s'ajouter à la très belle dot qu'il avait reconnue, lors de son mariage, le reliquat de sa fortune devant être partagé en trois parts égales, une pour moi, une pour mon frère et une pour les trois petits-enfants.

— Aucun legs aux domestiques ou à des fondations charitables ?

— Aucun. Les gages des domestiques étaient augmentés chaque année, s'ils ne quittaient pas la maison.

— Actuellement, monsieur Leonidès, vous n'avez pas — je m'excuse de vous demander ça — particulièrement besoin d'argent ?

— Les impôts sont lourds, inspecteur, vous le savez comme moi, mais mes revenus me suffisent amplement. Mon père, d'ailleurs, se montrait avec nous très généreux et, en cas de nécessité, il serait tout de suite venu à notre secours.

D'une voix très calme, Philip ajouta :

— Je puis vous certifier, inspecteur, que je n'avais aucun motif financier de souhaiter la mort de mon père.

— Je serais désolé, monsieur Leonidès, de vous avoir donné à penser que je supposais le contraire. Mon enquête m'oblige malheureusement à des questions indiscrètes, comme celles qu'il me reste à vous poser. Elles concernent les rapports de votre père avec son épouse. S'entendaient-ils bien ?

— Autant que je sache, très bien.

— Ils ne se disputaient pas ?

— Je ne crois pas.

— Il y avait entre eux une... grande différence d'âge ?

— C'est exact.

— Aviez-vous... approuvé le second mariage de votre père ?

— Il ne m'a pas consulté.

— Ce n'est pas une réponse, monsieur Leonidès.

— Puisque vous insistez, je vous avouerai que je tenais ce mariage pour une erreur.

— Vous l'avez dit à votre père ?

— Je n'ai appris son mariage qu'alors qu'il était déjà un fait accompli.

— J'imagine que la nouvelle vous a donné un coup ?

Philip ne répondit pas. Taverner reprit :

— En avez-vous... voulu à votre père ?

— Il était parfaitement libre d'agir comme il l'entendait.

— Vous avez toujours été en bons termes avec Mrs Leonidès ?

— Toujours.

— En termes... amicaux ?

— Nous nous rencontrions rarement.

Taverner passa à un autre sujet.

— Pouvez-vous me parler de Mr Laurence Brown ?

— J'en doute. C'est mon père qui l'a engagé.

— Mais pour s'occuper de l'éducation de vos enfants, monsieur Leonidès.

— C'est exact. Mon fils a souffert de paralysie infantile. Le cas, heureusement, était bénin. On a pourtant estimé que mieux valait ne pas lui faire suivre les cours d'une école publique. Mon père pensa alors qu'on pourrait confier l'enfant et sa sœur Joséphine à un précepteur, lequel était assez difficile à trouver à l'époque, car il fallait qu'il fût dégagé de toute obligation militaire. Les références du jeune Brown étaient bonnes, elles donnaient satisfaction à mon père et à ma tante, qui s'est toujours occupée de l'éducation des petits, et il a été engagé avec mon assentiment. Je dois ajouter qu'il s'est montré un professeur consciencieux et compétent.

— Il ne réside pas dans cette partie de la maison ?

— Nous manquions de place.

— Avez-vous jamais remarqué — vous me pardonnerez de vous demander ça — quelque signe d'intimité entre Laurence Brown et votre belle-mère ?

— Je n'en ai jamais eu l'occasion.

— Vous n'avez jamais rien entendu dire à ce sujet ?

— Par principe, inspecteur, je n'écoute pas les ragots.

— Vous avez raison. Donc vous ne savez rien là-dessus ?

— Rien.

Taverner se leva.

— Eh bien, monsieur Leonidès, il ne me reste plus qu'à vous remercier.

Je sortis sur ses talons.

— Fichtre ! dit-il, une fois dans le couloir. Voilà ce que j'appelle un client dur à manier !

## 7

— Et maintenant, poursuivit Taverner, allons bavarder avec Mrs Philip, au théâtre Magda West.

— Une bonne actrice ? demandai-je.

— Une de celles qui pourraient avoir du succès, me répondit-il. Elle a paru en vedette une fois ou deux sur des scènes du West End, elle a un nom dans le répertoire classique et on pense beaucoup de bien d'elle dans les théâtres fréquentés par les snobs.

A mon avis, le fâcheux, pour elle, c'est qu'elle n'a pas besoin de jouer la comédie pour vivre. Elle peut choisir les pièces qu'elle veut interpréter et, à l'occasion, mettre de l'argent dans une affaire pour paraître dans un rôle dont elle s'est toquée et qui, généralement, ne lui convient pas du tout. Conclusion : on la considère plutôt comme un amateur que comme une professionnelle. Elle a du talent, notez bien, mais les directeurs ne l'aiment pas. Ils prétendent qu'elle est trop indépendante et que c'est une faiseuse d'histoires, avec qui on n'en a jamais fini. Est-ce vrai ? Je l'ignore, mais je sais que ses camarades artistes n'ont pas pour elle une sympathie exagérée.

Sortant du grand salon, Sophia venait informer l'inspecteur que Mrs Leonidès était prête à le recevoir. Je pénétrai dans la pièce derrière lui et j'aperçus, trônant sur le vaste canapé, une femme que j'eus tout d'abord quelque peine à reconnaître. Elle portait un ensemble gris d'un goût parfait, dont la veste ouvrait sur un chemisier d'un mauve très pâle, orné d'une broche qui était un fort beau camée. Sa blonde chevelure s'enlevait au-dessus de sa tête en un échafaudage charmant et compliqué. Son nez, que je remarquais pour la première fois, était menu et spirituellement retroussé. Il me fallut un instant pour identifier cette femme pleine de grâce avec la tumultueuse créature que j'avais vu un peu plus tôt dans un négligé couleur de pêche que je n'oublierai jamais.

Déjà elle parlait, d'une voix dont le timbre me parut celui d'une personne résolue à garder son sang-froid à tout prix.

— Asseyez-vous, messieurs, je vous en prie ! Vous fumez, inspecteur ? Cette aventure me bouleverse. Il y a des moments où je me demande si je ne rêve pas ! En quoi puis-je vous être utile ?

— Pour commencer, répondit Taverner, vous pourriez peut-être, madame, me dire où vous étiez lorsque votre beau-père est mort...

— Je devais être sur la route, revenant de Londres en voiture. J'avais déjeuné à l'Ivy, avec une amie, nous étions allées ensemble à une présentation de collection chez un couturier, nous avions passé quelques instants au Berkeley, avec des amis, puis j'avais quitté Londres. Quand je suis arrivée ici, j'ai appris que mon beau-père était... mort.

Sa voix avait tremblé juste ce qu'il fallait.

— Vous aviez beaucoup d'affection pour lui ?

— J'avais pour lui de l'adoration...

Le ton s'élevait. Sophia, à petits coups légers du doigt, rectifiait la position du Degas qui se trouvait au-dessus du manteau de la cheminée. Magda poursuivit, retrouvant sa voix de tout à l'heure :

— Je l'aimais bien. Nous l'aimions tous. Il était si bon pour nous !

— Vous vous entendiez bien avec Mrs Leonidès ?

— Brenda ? Nous ne la voyions guère.

— Et pourquoi donc ?

— Manque d'affinités. Pauvre chère Brenda ! Elle a dû, bien souvent, connaître des moments difficiles.

Sophia taquinait de nouveau le Degas.

— Ah ! oui ? Dans quel sens ?

— Je n'en sais trop rien.

Magda hocha la tête, avec un petit sourire triste.

— Était-elle heureuse ?

— Je le crois.

— Elle ne se disputait pas avec son mari ?

— En toute sincérité, inspecteur, je n'en sais rien.

— Elle était, je crois, en excellents termes avec Mr Laurence Brown ?

Les traits de Magda Leonidès se firent sévères.

— Il ne me semble pas, dit-elle avec dignité, que vous soyez en droit de me poser de telles questions. Brenda était en excellents termes avec tout le monde. Elle est très sociable.

— Mr Laurence Brown vous est sympathique ?

— C'est un garçon qui ne fait pas de bruit. Aimable et effacé. A vrai dire, je l'ai peu vu.

— Comme professeur, il vous donne satisfaction ?

— Je crois. Tout ce que je sais, c'est que Philip semble très content de lui.

Taverner essaya d'une tactique plus brutale.

— Je suis désolé de vous demander ça, mais, à

votre avis, peut-on parler d'un... flirt entre Mr Brown et Mrs Brenda Leonidès ?

Magda se leva, très grande dame.

— Je n'ai jamais rien remarqué et je tiens, inspecteur, que vous n'avez pas le droit de m'interroger là-dessus. Brenda était la femme de mon beau-père.

Je faillis applaudir. L'inspecteur s'était mis debout, lui aussi.

— C'est peut-être, dit-il, une question que je ferais mieux de poser aux domestiques ?

Magda ne répondit pas. Taverner la remercia d'un mot, salua de la tête et se retira.

— Bravo, maman ! s'écria Sophia. Tu as été magnifique.

Magda se regardait dans la glace et arrangeait une bouclette derrière son oreille droite.

— Oui, dit-elle. C'était bien comme ça qu'il fallait jouer ça...

Sophia me regardait.

— N'auriez-vous pas dû suivre l'inspecteur ?

— Mais enfin, Sophia, quel doit donc...

Je m'interrompis : je ne pouvais décemment pas lui demander devant sa mère ce que devait être mon rôle à « Three Gables ». Magda Leonidès ne m'avait pas jusqu'à présent accordé la moindre attention. Que je fusse un reporter, le fiancé de sa fille, un obscur auxiliaire de la police ou même le représentant de l'entrepreneur des Pompes funèbres, pour elle, c'était la même chose : j'étais le public.

Son regard se porta sur ses chaussures. Elle fit la moue.

— Ces souliers ne sont pas ceux que j'aurais dû mettre. Ils font frivoles...

Obéissant à un impérieux signe de tête de Sophia, j'allai retrouver l'inspecteur Taverner, que je rejoignis dans le hall, au moment où il allait franchir la porte conduisant à l'escalier. Il me dit qu'il allait voir le frère aîné. Je décidai de lui soumettre, sans plus attendre, le problème qui me tracassait.

— Enfin, Taverner, lui demandai-je, qu'est-ce que je fais ici ?

Il me regarda d'un air surpris.

— Qu'est-ce que vous faites ?

— Oui. Si on me demande à quel titre je suis ici, qu'est-ce que je réponds ?

— C'est ça qui vous préoccupe ?

Après deux secondes de réflexion, il reprit :

— On vous a posé la question ?

— Euh... non !

— Alors, ne vous en faites donc pas ! Pas d'explications, c'est une excellente devise, surtout dans une maison comme celle-ci, où les gens ont suffisamment de soucis personnels pour ne pas avoir envie d'interroger les autres. On ne vous demandera rien aussi longtemps que vous aurez l'air d'avoir le droit d'être ici... et c'est toujours une erreur que de parler quand ce n'est pas indispensable ! Cela dit, montons !

Le pied sur la première marche, il poursuivit :

— Naturellement, vous vous rendez compte que toutes ces questions que je leur pose n'ont absolument aucun intérêt et que je me moque éperdument de ce que ces gens-là faisaient quand le bonhomme est passé de vie à trépas ?

— Alors, pourquoi les interroger ?

— Parce que cela me permet de voir à quoi ils ressemblent et qu'il n'est pas impossible que, dans leur bavardage, ils me donnent quelques informations dont nous pourrons tirer parti.

Plus bas, il ajouta :

— J'ai idée que Magda Leonidès, si elle le voulait, pourrait nous dire des choses fort intéressantes.

— Vous lui feriez crédit ?

— Bien sûr que non ! Seulement, j'aurais peut-être un point de départ. Le chiendent, c'est que, dans cette sacrée maison, tout le monde avait l'occasion et le moyen de commettre le crime ! Ce que je cherche, c'est le mobile.

En haut de l'escalier, une porte barrait le couloir de droite. Elle était fermée à clef. L'inspecteur manœuvra le marteau de cuivre. Un homme ouvrit presque aussitôt, une manière de géant aux puissantes épaules, avec des cheveux noirs mal peignés. Il me parut laid, mais d'une laideur sympathique. Taverner se nomma.

— Entrez ! dit l'homme. J'allais sortir, mais ça n'a pas d'importance. Venez au petit salon ! Je vais prévenir Clemency... Ah ! tu es là, chérie ? C'est l'inspecteur Taverner. Voyons... Y a-t-il ici des cigarettes ? Je vais en chercher. J'en ai pour une seconde.

Il se heurta à un paravent, auquel j'eus bien l'impression qu'il bredouillait quelques paroles d'excuses, puis disparut. C'était comme la sortie d'un bourdon. Le silence qu'il laissait derrière semblait perceptible.

Mrs Roger Leonidès était debout près de la fenêtre. Tout de suite, sa personnalité m'intrigua, comme l'atmosphère même de la pièce où nous nous trouvions.

Nous étions « chez elle », la chose ne faisait aucun doute. Les murs, peints en blanc, étaient nus, exception faite d'une toile accrochée au-dessus du manteau de la cheminée, une fantaisie géométrique, réalisée en triangles gris-noir et outremer. Les meubles étaient peu nombreux : quelques sièges, une table à dessus de verre et une petite bibliothèque. Aucun bibelot. De la lumière, de l'espace et de l'air. Un contraste total avec le grand salon d'où nous sortions.

Il apparaissait de même que Mrs Roger Leonidès était une tout autre femme que Mrs Philip Leonidès. Magda possédait trente-six personnalités différentes. Clemency était elle-même et ne pouvait être qu'elle-même.

Elle devait avoir une cinquantaine d'années. Ses cheveux gris, coupés court, encadraient heureusement un visage agréable. Elle avait de très beaux yeux gris, au regard vif et intelligent. Elle portait une robe rouge, en laine, qui mettait en valeur la minceur de sa silhouette. On sentait en elle quelque chose d'inquiétant. Du moins en jugeai-je ainsi, sans doute parce qu'il me semblait que cette femme ne devait pas considérer l'existence avec les yeux de tout le monde.

Nous ayant invités à nous asseoir, elle demanda à Taverner « s'il y avait du nouveau ».

— Oui, madame, reprit-il. La mort est due à un empoisonnement, causé par l'ésérine.

De la même voix posée, elle dit, pensive :
— Donc, il s'agit d'un meurtre. Il ne saurait être question d'un accident ?
— Certainement pas.
— Puis-je, inspecteur, vous prier d'être très gentil avec mon mari ? Cette nouvelle va le bouleverser. Il adorait son père et c'est un homme extrêmement sensible.
— Vous étiez en bons termes avec votre beau-père, madame ?
— En excellents termes.
Très calme, elle ajouta :
— Je ne l'aimais pas beaucoup.
— Pourquoi donc ?
— Je n'approuvais ni les buts qu'il donnait à son activité ni les méthodes qu'il employait pour les atteindre.
— Et Mrs Brenda Leonidès ?
— Brenda ? Je ne l'ai jamais vue beaucoup.
— Croyez-vous qu'il soit possible qu'il y ait eu... quelque chose entre elle et Mr Laurence Brown ?
— Je ne le pense pas, mais serait-ce, je ne le saurais vraisemblablement pas.
Le ton même de sa voix donnait à entendre que la chose ne l'intéressait pas. Roger Leonidès entrait en coup de vent.
— J'ai été retenu, expliqua-t-il. Le téléphone. Alors, inspecteur ? Vous nous apportez des nouvelles ? On sait de quoi mon père est mort ?
— Empoisonnement par l'ésérine.
— Mon Dieu !... Alors, c'était bien ça ! C'est cette femme qui n'aura pas pu attendre ! Il l'avait pratiquement tirée du ruisseau et voilà ce qu'aura été sa récompense ! De sang-froid, elle l'a assassiné. Quand j'y pense...
— Avez-vous quelque raison particulière de l'accuser ?
Fourrageant de ses deux mains dans ses cheveux, Roger arpentait la pièce de long en large.
— Une raison ? Mais, si ce n'est pas elle, qui voulez-vous que ce soit ? Moi, je ne lui ai jamais fait confiance et je n'ai jamais eu la moindre sympathie

pour elle. Aucun de nous d'ailleurs ne l'aimait. Philip et moi, nous sommes restés atterrés le jour où papa nous a appris ce qu'il avait fait ! A son âge ! C'était de la folie !... Mon père, inspecteur, était un personnage étonnant. Son intelligence restait aussi jeune, aussi alerte, que celle d'un homme de quarante ans. Tout ce que j'ai en ce monde, je le lui dois. Il a tout fait pour moi et jamais son aide ne m'a manqué. La mienne, par contre, quand j'y réfléchis...

Il se laissa lourdement tomber dans un fauteuil. Sa femme lui posa la main sur l'épaule.

— Voyons, Roger, calme-toi !

— Je sais, chérie, je sais... Mais comment resterais-je calme quand je songe...

— Il faut pourtant que nous restions calmes, Roger, tous ! L'inspecteur Taverner ne demande qu'à nous aider et...

Brusquement, Roger Leonidès s'était levé.

— Vous savez ce que je voudrais faire ?... Eh bien ! cette femme, j'aimerais l'étrangler de mes mains ! Voler à un malheureux vieillard les dernières années qu'il lui reste à vivre... Si elle était ici, je lui tordrais le cou !

— Roger !

La voix était impérieuse. Il baissa la tête.

— Pardon, chérie !

Se tournant vers nous, il ajouta :

— Je m'excuse, messieurs. Je me laisse emporter... Pardonnez-moi !

Il sortit de nouveau. Clemency Leonidès dit, avec un vague sourire :

— Et c'est un homme qui ne ferait pas de mal à une mouche !

Taverner déclara fort courtoisement qu'il n'en doutait pas, puis entreprit de poser à Mrs Leonidès des questions auxquelles elle répondit avec autant de précision que de brièveté. Le jour de la mort de son père, Roger Leonidès, après avoir passé la matinée à Londres, à Box House, le siège social de l'Associated Catering, était rentré au début de l'après-midi et avait passé quelques instants avec son père, ainsi qu'il avait coutume de faire chaque jour. Pour elle, elle était allée comme d'habitude au Lambert Institute, dans Gower Street. Elle n'était revenue à « Three Gables » qu'un peu avant six heures.

— Avez-vous vu votre beau-père ?

— Non. C'est la veille que je l'ai vu pour la dernière fois. Après le dîner, nous avions pris le café avec lui.

— Vous ne l'avez pas vu le jour de sa mort ?

— Non. Je suis bien allée dans la partie de la maison qu'il habitait, pour y chercher une pipe appartenant à Roger, mais, l'ayant trouvée sur une table du vestibule, où il l'avait oubliée, je n'ai pas eu besoin de déranger mon beau-père. Vers six heures, il lui arrivait souvent de somnoler.

— Quand avez-vous appris qu'il était fort mal ?

— C'est Brenda qui est venue nous prévenir. Il était un peu plus de six heures et demie.

Taverner, dont le regard se détachait rarement de celui de Clemency Leonidès, lui posa ensuite quelques questions sur la nature de son travail au Lambert Institute. Il s'agissait de recherches sur la désintégration atomique.

— En somme, vous vous occupez de la bombe atomique ?

— Pas précisément. Nos expériences intéressent le côté thérapeutique de la désintégration atomique.

Quand Taverner se leva, il exprima le désir de jeter un coup d'œil sur la partie de la maison habitée par le ménage. Encore qu'assez surprise de la requête, Mrs Roger Leonidès s'empressa de lui donner satisfaction. La chambre à coucher, avec ses lits jumeaux et leur courtepointe blanche, faisait vaguement songer à quelque cellule monastique. La salle de bains n'était guère moins sévère. La cuisine, d'une propreté immaculée, était magnifiquement agencée pour épargner du travail à la ménagère. Nous arrivâmes à une dernière porte que Clemency ouvrit en disant :

— Ici, vous pénétrez dans le domaine privé de mon époux.

— Entrez ! dit la voix de Roger. Entrez !

Je poussai un discret soupir de soulagement. Après les pièces austères que je venais de voir, j'étais heureux de découvrir enfin un endroit qui reflétait la personnalité de l'occupant. Le bureau, couvert de papiers, parmi lesquels traînaient de vieilles pipes, offrait un sympathique désordre. Les fauteuils étaient vastes et usagés, les murs ornés de photographies — des groupes d'étudiants, de joueurs de cricket et de militaires — et d'aquarelles, représentant des minarets, des couchers de soleil ou des bateaux à voiles. La chambre donnait l'impression d'être celle d'un homme qu'on eût aimé compter au nombre de ses amis.

Roger, avec des gestes maladroits, débarrassait un coin du bureau pour nous servir à boire.

— Tout est en l'air, dit-il. J'étais en train de mettre un peu d'ordre dans mes paperasses...

J'acceptai le verre qu'il me présentait. L'inspecteur déclara qu'il préférait ne rien prendre.

— Il ne faut pas m'en vouloir, poursuivit Roger. Je me laisse emporter et...

Il jeta un coup d'œil craintif autour de lui. Mais Clemency n'était pas entrée avec nous dans la pièce.

— C'est une femme magnifique, reprit-il. Vous savez de qui je parle ? Dans toute cette histoire, elle est splendide... et je ne saurais dire combien je l'admire. Et elle a vécu des jours terribles, je tiens à ce que vous le sachiez. Ça se passait avant notre mariage. Son premier époux était un très chic type, mais malheureusement d'une santé fort délicate. En fait, il était tuberculeux. Il faisait de très intéressantes recherches de cristallographie. Il travaillait énormément, gagnait peu, mais refusait d'abandonner son laboratoire. Elle l'aidait, se dépensant sans compter, s'épuisant pour lui épargner de la peine, tout en comprenant parfaitement qu'il était en train de se tuer. Jamais elle n'a eu un mot pour se plaindre, jamais elle n'a admis qu'elle était fatiguée et jusqu'au bout elle lui a dit qu'elle était heureuse. Quand il est mort, elle s'est trouvée désemparée. Elle a fini par m'épouser. J'aurais voulu qu'elle se reposât, qu'elle cessât de travailler.

Mais nous étions en guerre et elle avait un trop clair sentiment de son devoir pour m'écouter. Et, aujourd'hui, elle continue ! C'est une épouse magnifique, la meilleure qu'un homme ait jamais eue et tous les jours je me dis que, le jour où je l'ai rencontrée, j'ai eu plus de chance que je ne méritais. Pour elle, je ferais n'importe quoi !

Taverner prononça avec tact la phrase qui s'imposait et, par une transition habile, revint à ses questions ordinaires.

— Comment avez-vous appris que votre père était au plus mal ?

— C'est Brenda qui est venue me prévenir. Je me suis précipité. J'avais quitté mon père environ une demi-heure plus tôt et, à ce moment-là, il était en parfaite santé. Quand je suis arrivé, je l'ai trouvé râlant, le visage tout bleu. Je me suis rué chez mon frère, qui a téléphoné au médecin. Je... Nous ne pouvions rien faire. Naturellement, pas une seconde je n'ai eu l'idée qu'il pouvait y avoir dans tout cela quelque chose de suspect...

Quelques instants plus tard, nous nous retrouvâmes, Taverner et moi, en haut de l'escalier.

— Les deux frères ne se ressemblent guère ! murmura l'inspecteur.

Il ajouta :

— C'est drôle, une chambre ! Ça vous apprend un tas de choses sur les gens qui vivent dedans.

J'acquiesçai. Il poursuivit :

— Il y a des mariages curieux, hein ?

La remarque pouvait s'appliquer aussi bien au couple Roger-Clemency qu'au couple Philip-Magda. Des unions bizarrement assorties, mais des mariages heureux, semblait-il. Pour Roger et Clemency, c'était même une certitude.

— A première vue, reprit Taverner, ce type-là n'a pas l'air capable d'empoisonner quelqu'un. On ne sait jamais, bien sûr, mais ça m'étonnerait. Elle, c'est différent. C'est une femme qui ne doit jamais rien regretter. Avec ça, elle pourrait bien être un peu folle...

J'acquiesçai derechef.

— Pourtant, dis-je, je ne crois pas qu'elle aurait tué quelqu'un simplement parce qu'il n'avait pas de l'existence la même conception qu'elle. Qu'elle ait vraiment détesté le vieux, c'est très possible ! Mais combien compte-t-on de crimes inspirés par la haine seule ?

— Fort peu, déclara Taverner. Pour moi, je n'en ai jamais rencontré. Je persiste à croire que notre grosse chance, c'est Mrs Brenda. Mais Dieu sait si nous pourrons jamais rien prouver !

## 8

Une femme de chambre nous ouvrit la porte conduisant à l'autre aile de la maison. Elle examina Taverner d'un regard où il y avait à la fois de la crainte et du mépris.

— Vous désirez voir Madame ?

— S'il vous plaît.

Elle nous introduisit dans un vaste salon et disparut. Dans la pièce, assez gaie avec ses cretonnes bariolées et ses tentures soyeuses, un portrait placé au-dessus de la cheminée, retint mon attention, non pas seulement parce qu'il était signé d'un maître, mais aussi parce que le modèle sortait de l'ordinaire. La toile représentait un vieillard, coiffé d'une toque de velours noir. La tête était légèrement inclinée sur l'épaule, mais, malgré cela, le bonhomme, avec ses petits yeux au regard perçant, paraissait débordant de vitalité et d'énergie.

— C'est *son* portrait par Augustus John, dit Taverner. Il avait de la personnalité, hein ?

— Oui.

Je me rendais compte que ce monosyllabe rendait très insuffisamment ma pensée. Je voyais très bien maintenant ce qu'Edith de Haviland avait voulu dire en déclarant que, sans lui, la maison paraissait vide. J'avais sous les yeux l'image du « petit homme biscornu » qui avait fait construire la « petite maison biscornue ». Lui parti, la « petite maison biscornue » n'avait plus de raison d'être.

— Et voici sa première femme, par Sargent.

Je m'approchai. L'œuvre, accrochée entre deux fenêtres, avait cette cruauté qui se retrouve souvent dans les toiles de Sargent. La longueur du visage était vraisemblablement excessive, mais le portrait était certainement excellent. C'était celui d'une dame anglaise de la bonne société. De bourgeoisie campagnarde. Jolie, mais sans caractère. Pas du tout l'épouse que l'on imaginait au puissant petit despote qui grimaçait au-dessus du manteau de la cheminée.

Le sergent Lamb entrait dans la pièce.

— J'en ai terminé avec les domestiques, monsieur. Ils ne savent rien.

Tavener soupira. Lamb tira un carnet de sa poche et alla s'asseoir dans un coin.

La porte s'ouvrit et Mrs Aristide Leonidès — la seconde — fut devant nous. Nous vîmes une petite figure douce, assez fine, de beaux cheveux bruns, coiffés d'une façon un peu compliquée. Bien poudrée, les lèvres faites, on voyait cependant qu'elle venait de pleurer.

Ses vêtements noirs lui seyaient parfaitement. Elle portait autour du cou un collier d'énormes perles, une bague ornée d'un gros rubis à la main gauche et une superbe émeraude à la main droite. Je remarquai tout cela. Et aussi qu'elle paraissait avoir très peur.

Taverner la salua, très à l'aise, et lui dit qu'il était désolé de se voir contraint de la déranger de nouveau.

— J'imagine, dit-elle d'une voix sans timbre, que vous ne pouvez faire autrement.

Il reprit :

— Il va de soi, madame, que, si vous désirez que votre avocat assiste à la conversation, c'est absolument votre droit.

— Je n'aime pas Mr Gaitskill, répondit-elle, et je ne tiens pas à le voir.

Taverner insista :

— Vous pouvez avoir l'avocat de votre choix.

— Est-ce bien nécessaire ? Je n'aime pas les hommes de loi. Ils m'embrouillent.

— C'est comme vous voulez, déclara Taverner avec un sourire dépourvu de toute signification. Nous poursuivons ?

Elle s'assit sur un canapé.

— Avez-vous trouvé quelque chose ? demanda-t-elle. Ses doigts jouaient nerveusement avec le tissu de sa robe.

— Nous pouvons affirmer de façon certaine que votre mari est mort empoisonné par de l'ésérine.

— Ce seraient ses gouttes pour les yeux qui l'auraient tué ?

— Il semble bien que, lorsque vous lui avez fait sa dernière piqûre, ce n'est pas de l'insuline que vous lui avez injecté, mais de l'ésérine.

— Je ne m'en doutais pas. Ça, inspecteur, je peux vous le jurer !

— Alors, quelqu'un a délibérément remplacé l'insuline dans le flacon par de l'ésérine.

— Quelle sottise !

— Si l'on veut.

— Croyez-vous qu'on l'aurait fait... exprès ? Ou par inadvertance ?... A moins que ce n'ait été une... une plaisanterie ?

— Nous ne croyons pas, madame, à une plaisanterie.

— Alors, c'est probablement un domestique...

Taverner restant muet, elle reprit sa phrase.

— C'est certainement un domestique. Je ne vois pas qui ce pourrait être d'autre !

— En êtes-vous bien sûre, madame ? Réfléchissez ! Personne n'en voulait à Mr Leonidès ? Personne n'avait de grief contre lui ? Il n'y a pas eu la moindre dispute ?

— Je ne vois pas...

— Vous m'avez bien dit que, cet après-midi-là, vous étiez allée au cinéma ?

— Oui. Je suis rentrée à six heures et demie. C'était l'heure de sa piqûre. Je la lui ai faite comme à l'habitude... et il m'a paru tout drôle. Affolée, je me suis précipitée chez Roger. Mais je vous ai déjà raconté

tout cela ! Faut-il que je vous le redise encore ?
Elle avait haussé le ton sur les derniers mots.
— Croyez que je suis désolé, madame ! dit Taverner sans s'émouvoir. Pourrai-je voir Mr Brown ?
— Laurence ? Pourquoi ? Il ne sait rien de tout ça !
— J'aimerais le voir quand même.
Elle le regarda d'un œil soupçonneux.
— Il est dans la salle d'étude, en train de faire du latin avec Eustace. Vous voulez qu'il vienne ici ?
— Non. Je préfère aller le voir.
Taverner quitta le salon, nous entraînant, le sergent Lamb et moi, dans son sillage. Nous gravîmes un petit escalier, suivîmes un couloir, qui nous amena dans une grande pièce ouvrant sur le jardin. Il y avait là, assis côte à côte à une même table, un homme d'une trentaine d'années et un adolescent qui devait avoir seize ans. Ils levèrent la tête à notre entrée. Les yeux d'Eustace se portèrent sur moi, ceux de Laurence Brown sur Taverner. Jamais je ne vis plus de détresse dans un regard. L'homme semblait mourir de peur. Il se leva, se rassit, puis dit, d'une voix blanche :
— Bonjour, inspecteur.
Taverner répondit assez sèchement :
— Bonjour. Pourrais-je vous dire deux mots ?
— Mais certainement. Trop heureux...
Eustace se levait.
— Vous voulez que je sorte, inspecteur ?
La voix était aimable, avec un rien d'insolence.
— Nous continuerons tout à l'heure, dit Brown.
Eustace se dirigea vers la porte d'un pas nonchalant et sortit sans se presser.
— Monsieur Brown, dit alors Taverner, l'analyse a donné des résultats intéressants : c'est l'ésérine qui a causé la mort de Mr Leonidès.
— Il a vraiment été empoisonné ? J'espérais...
— Il a été empoisonné. Quelqu'un a subtilisé de l'ésérine à l'insuline qu'on lui injectait.
— Je ne peux pas croire ça !... C'est inimaginable !
— La question qui se pose est celle-ci : qui avait une raison de tuer Mr Leonidès ?
— Personne ! Absolument personne !

— Vous ne voudriez pas, par hasard, que votre avocat soit présent à notre entretien ?

— Je n'ai pas d'avocat et je ne désire pas en avoir un. Je n'ai rien à cacher, rien.

— Et vous vous rendez bien compte que nous enregistrerons vos déclarations ?

— Je suis innocent. Je vous en donne ma parole, je suis innocent...

— Je n'ai jamais insinué le contraire.

Après un silence, Taverner ajouta :

— Mrs Leonidès était beaucoup plus jeune que son mari, n'est-ce pas ?

— Je le crois... C'est-à-dire que... oui !

— Il devait y avoir des moments où elle se sentait bien seule ?

Laurence passa sa langue sur ses lèvres sèches et ne répondit pas. Taverner poursuivit :

— Il devait lui être assez agréable d'avoir ici un... compagnon ayant à peu près le même âge qu'elle ?

— Je... Non, pas du tout... Je veux dire... Je n'en sais rien.

— Moi, il me semble tout naturel que des liens d'amitié se soient développés entre vous !

Brown protesta avec véhémence.

— Mais il n'en est rien ! Je vois très bien ce que vous pensez, mais vous vous trompez ! Mrs Leonidès a toujours été très bonne pour moi et j'ai toujours eu pour elle le plus grand... le plus grand respect. Seulement, je n'ai jamais éprouvé pour elle un autre sentiment et ce que vous insinuez est tout simplement monstrueux ! Je ne me vois pas tuant quelqu'un, ni par le poison ni autrement ! Je suis extrêmement nerveux et la seule idée de tuer est pour moi un cauchemar ! Mes convictions religieuses s'opposent à ce que je tue. C'est pourquoi je n'ai pas été soldat. Au lieu de porter l'uniforme, j'ai travaillé dans un hôpital. Je m'occupais des chaudières. Un travail pénible, si terrible que j'ai dû abandonner au bout d'un certain temps. On m'a permis de me consacrer à l'enseignement. Ici, je fais de mon mieux, avec mes deux élèves, Eustace et Joséphine, une enfant très intelligente, mais difficile. Tout le monde a été très gentil avec moi : Mr Leonidès, Mrs Leonidès, miss de Haviland... Et voici maintenant que vous me suspectez d'un meurtre, moi !

Taverner avait perdu un peu de la raideur qu'il avait en entrant dans la pièce.

— Je n'ai pas dit ça, fit-il observer.

— Non, mais vous le pensez ! Je le sais bien. C'est ce que tout le monde pense ici ! Je le vois bien à la façon dont on me regarde !... Je ne suis pas en état de parler. Je ne me sens pas bien...

Courant presque, il sortit. Lentement, Taverner tourna la tête vers moi.

— Votre impression ?

— Il a terriblement peur !

— Je sais. Mais est-il un assassin ?

— Si vous voulez mon avis, dit le sergent Lamb, il n'a pas tué : il n'aurait jamais eu assez de cran.

— Je vous accorde, déclara Taverner, qu'il serait incapable d'assommer quelqu'un ou de braquer sur lui un revolver. Seulement, dans le cas qui nous occupe, on n'en demandait pas tant au meurtrier : il lui suffisait de manipuler un paire de fioles pharmaceutiques... Il ne s'agissait, en somme, que d'aider un vieillard à sortir de ce monde, à peu près sans douleur...

— Une sorte d'euthanasie, dit le sergent.

— Ensuite, après un intervalle décent, on épousait une jeune veuve, héritière de cent mille livres et possédant, d'autre part, une fortune équivalente, plus des perles, des rubis et des émeraudes, gros comme des œufs ou des bouchons de carafe !

Taverner soupira et reprit :

— Evidemment, tout ça, c'est de l'hypothèse ! Je me suis arrangé pour lui flanquer la frousse, j'y ai réussi, mais ça ne prouve rien ! Il peut très bien avoir peur et être innocent. A vrai dire, je n'ai pas tellement dans l'idée que c'est lui qui a fait le coup. Je pencherais plutôt pour la femme... Seulement, alors, pourquoi diable n'a-t-elle pas jeté la fiole ou ne l'a-t-elle pas rincée ?

Il se tourna vers Lamb.

— Au fait, sergent, les domestiques n'ont rien remarqué au sujet des relations de Brown avec sa patronne ?

— La femme de chambre dit qu'elle est sûre qu'ils ont « un sentiment » l'un pour l'autre.

— Qu'est-ce qui lui fait dire ça ?

— La façon dont il *la regarde* quand elle lui verse du café.

— Un fameux argument à produire dans une enceinte de justice ! Bref, il n'y a rien ?

— Rien qu'on ait vu, en tout cas.

— Je suis bien tranquille qu'*on* aurait vu s'il y avait eu quelque chose à voir ! Plus ça va et plus je commence à croire qu'il n'y a rien entre eux.

Se tournant vers moi, il ajouta :

— Allez donc la revoir et bavarder un peu avec elle. J'aimerais avoir votre impression...

Je sortis sans enthousiasme, mais pourtant intéressé.

## 9

Je trouvai Brenda Leonidès assise à l'endroit même où je l'avais laissée. Elle m'interrogea dès mon entrée.

— Où est l'inspecteur Taverner ? Il ne revient pas ?

— Pas maintenant.

— Qui êtes-vous ?

On m'avait enfin posé la question que j'avais attendue toute la matinée. Ma réponse resta assez près de la vérité.

— Je suis avec la police, mais je suis aussi un ami de la famille.

— La famille ! De sales bêtes ! Je les déteste tous !

Elle me regardait. Sa bouche tremblait. Elle poursuivit :

— Avec moi, ils ont toujours été méchants, toujours ! Dès le début. Et pourquoi donc n'aurais-je pas épousé leur père ? En quoi cela les dérangeait-il ? Ils étaient tous immensément riches déjà, de l'argent qu'il leur avait donné et qu'ils auraient été bien incapables de gagner eux-mêmes ! Pourquoi n'aurait-il pas eu le droit de se remarier ? Même s'il était un peu vieux ? D'ailleurs, il n'était pas vieux du tout ! Il y a vieux et vieux. Je l'aimais bien.

Comme me défiant des yeux, elle répéta :

— Oui, je l'aimais bien. Je suppose que vous ne le croyez pas, et pourtant, c'est vrai ! J'en avais assez des hommes. Je voulais un intérieur, je voulais quelqu'un qui me gâte et me dise des choses gentilles. Ces choses-là, Aristide me les disait... et il savait me faire rire. Et puis il était très fort ! Il imaginait toute sorte de moyens de tourner tous les stupides règlements d'aujourd'hui... Il était très, très fort ! Ah ! non, je ne me réjouis pas de sa mort ! Au contraire, j'ai bien du chagrin.

Elle se laissa aller sur le dos du canapé. Les coins de sa bouche, plutôt grande, se relevèrent en un étrange sourire.

— J'ai été heureuse ici. Je me sentais en sécurité. J'allais chez les grands couturiers... et je n'y étais pas plus déplacée qu'une autre ! Aristide me donnait de jolies choses...

Ses yeux se portèrent sur son rubis. Elle sourit.

— Où est le mal ? J'étais gentille avec lui, je le rendais heureux...

Penchée vers moi, elle ajouta :

— Savez-vous comment j'avais fait sa connaissance ?

Elle n'attendit pas ma réponse pour continuer.

— J'étais au « Gay Shamrock ». Il avait commandé des œufs brouillés. Quand je les lui apportai, je pleurais. Il me dit : « Asseyez-vous et dites-moi ce qui ne va pas ! » Je lui réponds : « Impossible ! Si je faisais ça, on me mettrait à la porte ! » Alors, il me dit : « Ça m'étonnerait ! L'établissement est à moi. » Je l'ai regardé. Au premier abord, c'était un petit vieux qui n'avait l'air de rien. Seulement, après, on découvrait qu'il avait comme un pouvoir qui n'était qu'à lui... Bref, je lui racontai mon histoire. Il est probable que vous la connaissez déjà... *Ils* ont dû vous parler de moi et vous expliquer que je ne valais pas grand-chose... Ils vous ont menti. J'ai reçu une très bonne éducation.

Mes parents avaient un magasin, un très beau magasin... Des travaux d'aiguille. Je n'ai jamais été une fille qui courait avec les garçons... Seulement, Terry n'était pas comme les autres : il était irlandais et allait partir pour l'autre bout du monde... Il ne m'a jamais écrit et je n'ai jamais eu de ses nouvelles. Bien sûr, j'ai été sotte... Mais c'était fait... et mes ennuis étaient exactement ceux de la petite bonne qui a été plaquée par son amant... Aristide a été admirable. Il me dit que tout s'arrangerait, qu'il était très seul et que nous allions nous marier sans plus attendre. Je me demandais si je rêvais. J'ai appris ensuite qu'il s'agissait du fameux Mr Leonidès, qui possédait des restaurants, des salons de thé et des boîtes de nuit. C'était comme un conte de fée ! Vous n'êtes pas de cet avis ?

— Peut-être.

— Peu après, nous nous sommes mariés dans une petite église de la Cité. Puis nous sommes partis en voyage de noces sur le continent...

— Et l'enfant ?

— Il n'y en a pas eu. Je m'étais trompée.

Souriante, elle poursuivit :

— Je me jurai d'être pour lui une bonne épouse et j'ai tenu parole. Je lui faisais servir la cuisine qu'il aimait, je m'habillais comme il le désirait, je faisais tout pour le rendre heureux et il était heureux. Mais nous n'avons jamais pu nous débarrasser de sa famille, tous ces parasites qui ne vivaient qu'à ses crochets. La vieille miss de Haviland, par exemple. Est-ce qu'elle n'aurait pas dû s'en aller, quand il s'est remarié ? Je l'ai dit à Aristide. Il m'a répondu : « Elle est ici depuis si longtemps ! Ici, maintenant, elle est chez elle ! » La vérité, c'est qu'il aimait les avoir tous autour de lui et à sa merci. Ils étaient méchants avec moi, mais il faisait semblant de ne pas s'en apercevoir. Roger me hait. L'avez-vous vu, Roger ? Il me hait par envie. Philip, lui, a une si haute opinion de lui-même qu'il ne m'adresse jamais la parole. Et aujourd'hui ces gens-là voudraient faire croire que j'ai assassiné mon mari ! Mais ce n'est pas vrai ! Ce n'est pas vrai ! Dites-moi que vous me croyez ! Je vous en supplie !

Il y avait dans sa voix et son attitude quelque chose de pathétique. Je me sentais ému. Prêt à proclamer inhumaine la conduite de cette famille si acharnée à croire que cette femme était une criminelle, alors qu'elle m'apparaissait comme un être traqué et sans défense.

— Et ils pensent que, si ce n'est pas moi qui l'ai tué, c'est Laurence !

— Parlez-moi un peu de lui !

— Je l'ai toujours un peu plaint. Il est de santé délicate et n'a pas fait la guerre. Non pas par lâcheté, mais parce qu'il est d'une sensibilité trop vive. J'ai fait de mon mieux pour qu'il se sente heureux ici. Il a deux élèves impossibles : Eustace, qui ne perd pas une occasion de l'humilier, et Joséphine... Celle-là, vous l'avez vue, vous savez à quoi elle ressemble...

Je dis que je n'avais pas encore rencontré Joséphine.

— C'est une enfant dont je me demande parfois si elle a bien toute sa tête. Elle me fait songer à un serpenteau et elle est bizarre... Il y a des moments où elle me fait peur...

Joséphine ne m'intéressait pas. Je ramenai la conversation sur Laurence Brown.

— Qui est-il ? demandai-je. D'où vient-il ?

J'avais posé ma double question assez gauchement. Brenda rougit.

— Il n'est personne, le pauvre ! Il est comme moi... Que pouvons-nous contre eux tous ?

— Est-ce que vous n'êtes pas en train de vous faire des idées ?

— Mais non ! Ils veulent établir que le coupable, c'est Laurence... ou bien moi. L'inspecteur est avec eux. Quelle chance nous reste-t-il ?

— Il ne faut pas voir les choses comme ça !

— Pourquoi ne serait-ce pas l'un d'eux, l'assassin ? Ou quelqu'un de l'extérieur ? Ou un domestique ?

— Il faut songer au mobile...

— Le mobile !... Quel mobile aurais-je eu, moi ?... Ou Laurence ?

Un peu gêné, je répondis :

— On pourrait, je crois, supposer qu'il existait entre vous et... Laurence des liens affectueux et que vous souhaitiez vous marier un jour.

Elle eut un sursaut.

— Comment oserait-on imaginer cela ? Mais ce n'est pas vrai ! Nous n'avons jamais eu ensemble une conversation qui pût laisser penser des choses pareilles ! J'ai été gentille avec lui parce qu'il me faisait de la peine, nous sommes de bons amis, mais c'est tout ! Vous me croyez, n'est-ce pas ?

Effectivement, je la croyais. C'est-à-dire que je croyais que Laurence et elle n'étaient bien, comme elle l'affirmait, que des amis, mais je croyais aussi que, sans peut-être s'en douter, elle était éprise de Brown.

C'est cette idée en tête que je descendis au rez-de-chaussée à la recherche de Sophia. J'allai me rendre au salon quand je l'aperçus qui passait la tête par une porte entrebâillée, un peu plus loin dans le couloir.

— Allô ! me dit-elle. Je suis en train d'aider Nannie à préparer le déjeuner.

Je me disposais à la rejoindre à la cuisine, mais elle me devança et, me prenant par le bras, m'entraîna au salon, où il n'y avait personne.

— Alors, me dit-elle, vous avez vu Brenda ? Que pensez-vous d'elle ?

— Très sincèrement, répondis-je, je la plains.

Sophia me regarda avec mépris.

— Je vois ! Elle vous a empaumé !

Piqué, je répliquai :

— Disons, si vous voulez, que je comprends son point de vue, lequel semble vous échapper.

— Que voulez-vous dire ?

— Répondez-moi franchement, Sophia ! Avez-vous l'impression que, depuis qu'elle est ici, quelqu'un de la famille se soit montré gentil, ou même simplement correct avec elle ?

— Nous n'avons sûrement pas été gentils avec elle, mais pourquoi l'aurions-nous été ?

— Quand ce n'eût été que par charité chrétienne !

— Si j'en juge par votre ton, Charles, Brenda vous a magnifiquement joué la comédie !

— Vraiment, Sophia, vous semblez... Je ne sais pas ce qu'il vous arrive, mais...

— Il m'arrive que je suis sincère et que je dis ce que je pense. Vous me dites que vous comprenez le point de vue de Brenda. Je vais vous expliquer le mien. Je n'aime pas les jeunes personnes qui inventent des histoires pour apitoyer les vieillards richissimes qu'elles veulent épouser. J'ai parfaitement le droit de détester ces aventurières et je ne vois pas pourquoi je ferais semblant de les aimer. Et la jeune personne en question ne vous inspirerait aucune sympathie si, au lieu de vous raconter son roman, elle vous l'avait donné à lire et si vous l'aviez lu de sang-froid !

— Vous croyez donc qu'elle mentait ?

— Au sujet de l'enfant ? Je n'en sais rien, mais je le pense.

— Et vous ne lui pardonnez pas d'avoir... possédé votre grand-père ?

Sophia se mit à rire.

— Dites-vous bien qu'elle ne l'a pas possédé ! Grand-père n'a jamais été possédé par personne. Il voulait Brenda, il l'a eue. Il savait très exactement ce qu'il faisait et tout a marché selon ses plans. De son point de vue à lui, son mariage a été un succès complet, comme toutes ses autres opérations.

— Vous considérez également comme un de ses succès le fait qu'il ait engagé Laurence Brown comme précepteur des enfants ?

Le ton ironique de la question fit froncer les sourcils à Sophia.

— Savez-vous que ça se pourrait bien ? Il voulait que Brenda fût heureuse et qu'elle ne s'ennuyât point. Il peut s'être dit que les robes et les bijoux ne suffisaient pas et qu'il lui fallait aussi mettre dans la vie de sa femme un peu de romanesque sans danger. Il se peut qu'il ait jugé qu'un timide dans le genre de Laurence Brown était exactement l'homme dont il avait besoin. Une belle amitié amoureuse, avec un peu de mélancolie à la clef, c'était tout à fait ce qu'il fallait pour empêcher Brenda d'avoir à l'extérieur une authentique aventure. Grand-père était très capable de combiner une affaire comme ça. C'était un vieux malin, vous savez !

— Je veux bien le croire.

— Naturellement, il ne pouvait pas prévoir que tout ça finirait par un crime...

S'échauffant brusquement, Sophia poursuivit :

— Et à vrai dire, c'est ce qui fait qu'au fond, et bien que ça m'ennuie, je ne crois pas vraiment que ce soit elle qui l'ait tué. Si elle avait tiré des plans pour l'assassiner, seule ou de complicité avec Laurence, grand-père l'aurait su. J'imagine que ça vous paraît bien invraisemblable...

— Je dois l'avouer.

— Mais c'est parce que vous ne connaissiez pas grand-père. Il n'aurait jamais consenti à être pour quelque chose dans son propre assassinat ! Concluez !... L'ennui, c'est que nous en sommes donc toujours au même point !

— Elle a peur, dis-je. Terriblement peur !

— Que voulez-vous, l'inspecteur Taverner et ses joyeux compères sont plutôt inquiétants ! Quant à Laurence, il est liquéfié, probablement ?

— Le fait est qu'il n'est pas brillant. Je me demande comment une femme peut s'amouracher d'un type comme ça !

— Vraiment ? Pourtant, il a beaucoup de *sex-appeal*.

Je restais sceptique.

— Une mauviette comme lui ?

Sophia rit franchement.

— Pourquoi les hommes se figurent-ils qu'il faut être construit comme un déménageur pour séduire une femme ? Du *sex-appeal*, Laurence en a bel et bien. Mais je ne m'étonne pas que vous ne vous en soyez pas aperçu...

Me regardant bien dans les yeux, elle ajouta :

— Brenda vous a conquis !

— Ne dites pas de bêtises, Sophia ! Elle n'est même pas jolie et je vous certifie...

— Qu'elle n'a pas essayé de vous séduire ? Je le veux bien. Mais elle s'est arrangée pour que vous la plaigniez. Qu'elle ne soit pas vraiment belle, c'est entendu ! Qu'elle ne soit pas non plus très intelligente, c'est mon avis. Seulement, elle a un don : celui de brouiller les gens. Vous le constaterez vous-même, elle commence avec nous deux !

Je protestai, atterré. Sophia se levait.

— Ne parlons plus de ça, Charles ! Il faut que j'aille m'occuper du déjeuner.

— Vous ne voulez pas que je vous aide ?

— Restez ici ! Nannie serait folle si elle voyait un monsieur débarquer dans sa cuisine !

Elle allait sortir. Je la rappelai :

— Sophia !

Elle se retourna.

— Oui ?

— A propos de domestiques, comment se fait-il qu'il n'y ait pas ici une jeune personne en tablier blanc et bonnet pour ouvrir la porte aux visiteurs ?

— Grand-père avait une cuisinière, une femme de chambre, une bonne et un valet. Il adorait se faire servir et payait bien. Clemency et Roger n'ont qu'une femme de ménage, qui vient quelques heures par jour. Clemency a horreur des domestiques... et, si Roger ne déjeunait pas chaque jour dans la Cité, il mourrait de faim, un repas consistant, pour Clemency, en quelques feuilles de laitue, quelques tomates et des carottes crues. Nous, nous avons des bonnes de temps à autre, mais le jour finit toujours par arriver où maman pique une colère et les flanque à la porte. Alors, on prend des remplaçantes, qui viennent pendant vingt-quatre ou quarante-huit heures. Nous sommes actuellement dans une de ces périodes-là. Nannie, elle, représente l'élément stable et, en temps de crise, c'est elle qui assure tout le service. Maintenant, vous savez tout !

Elle sortit là-dessus. Je me laissai tomber dans un vaste fauteuil et m'abandonnai à mes réflexions.

Je connaissais maintenant le point de vue de Brenda et celui de Sophia, qui se trouvait être celui de toute la famille. Les Leonidès, je le comprenais fort bien, ne pardonnaient point à une étrangère de s'être introduite parmi eux, par des moyens qu'ils tenaient pour odieux. Leur position était assez légitime.

Seulement, l'affaire présentait un côté humain, dont

ils se refusaient à tenir compte. Ayant toujours été riches et bien pourvus, ils ne s'expliquaient pas les ambitions de ceux qui n'ont jamais rien possédé. Brenda avait voulu conquérir tout ce dont elle avait toujours été privée : l'argent, les jolies choses, la sécurité, un foyer. Tout cela, elle l'avait eu. En revanche, elle prétendait avoir fait le bonheur de son vieil époux. Quand elle m'avait conté son histoire, je lui avais accordé toute ma sympathie. Devais-je, maintenant, la lui retirer ?

Le problème était complexe. Il y avait deux façons de considérer la situation. Quelle était la bonne ?

J'avais très peu dormi la nuit précédente, ayant dû me lever très tôt pour accompagner Taverner. L'atmosphère du salon était surchauffée et lourde de parfums, mon siège confortable et admirablement rembourré. Je fermai les paupières...

Quelques minutes plus tard, je dormais.

## 10

Je me réveillai si doucement que je ne me rendis pas compte tout de suite que je m'étais assoupi. Dans une demi-conscience, je discernai vaguement, un peu au-dessus de moi, une tache blanche qui semblait flotter dans l'espace. Il me fallut quelques secondes pour recouvrer toutes mes facultés et comprendre que cette tache blanche était bel et bien un visage, tout rond, celui d'une petite fille maigrichonne, dont je remarquai surtout qu'elle avait de beaux cheveux châtains, coiffés en arrière, et des yeux très noirs et globuleux, qui semblaient vouloir sortir de l'orbite. L'enfant me regardait fixement.

— Bonjour ! dit-elle.

Clignant des yeux, je marmonnai un « bonjour » à peine articulé. Elle reprit :

— Je m'appelle Joséphine.

Je l'avais deviné. Joséphine, la sœur de Sophia, était une enfant qui, autant que j'en pouvais juger, devait avoir onze ou douze ans. D'une laideur extraordinaire, elle ressemblait de façon étonnante à son grand-père. Il me paraissait également très possible qu'elle eût hérité son intelligence.

— Vous êtes, me dit-elle, l'amoureux de Sophia.

Je me gardai de protester.

— Mais c'est avec l'inspecteur Taverner que vous êtes arrivé ici. Pourquoi ?

— C'est un de mes amis.

— Vraiment ?... Eh bien ! il ne me plaît pas et je ne lui dirai rien.

— Qu'est-ce que vous auriez à lui dire ?

— Des choses ! Parce que j'en sais des tas ! Savoir tout, moi, j'aime ça !

Elle s'assit sur le bras du fauteuil. Elle continuait à me dévisager et l'insistance de son regard commençait à me gêner.

— Grand-père a été assassiné. Vous le saviez ?

— Oui.

— On l'a empoisonné avec de l'ésérine.

Elle avait prononcé le mot en détachant les syllabes avec soin. Elle ajouta :

— C'est intéressant, hein ?

— C'est mon avis.

— Eustace et moi, ça nous passionne ! Nous aimons les histoires de police et j'ai toujours eu envie de devenir détective. Maintenant, je le suis. Je cherche des indices...

L'enfant, décidément, n'avait rien de sympathique.

Elle poursuivit :

— L'homme qui est venu avec l'inspecteur Taverner, j'imagine que c'est un policier, lui aussi ? Dans les romans, on prétend qu'on peut toujours reconnaître les policiers en civil à leurs gros souliers. Mais celui-là a de belles chaussures en daim.

— Tout change, Joséphine !

Elle prit un air grave.

— Du changement, c'est ici qu'il va y en avoir ! Il est probable que nous irons vivre à Londres. Il y a longtemps que maman en a envie et ça lui fera bien plaisir. Papa, je crois que ça lui sera égal, à condition qu'il puisse emporter ses livres. Avant, on n'aurait pas pu aller s'installer à Londres. Papa avait perdu trop d'argent avec *Jézabel.*

— Jézabel ?

— Oui. Vous ne l'avez pas vue ?

— C'est une pièce ?... Non, je ne l'ai pas vue. Je n'étais pas en Angleterre...

— On ne l'a pas jouée longtemps. On peut même dire que ça a été un four. A mon avis, maman n'est pas faite pour le rôle de Jézabel. Qu'en pensez-vous ?

Je pensai à Magda. Je l'avais vue en négligé et en tailleur. Pas plus dans l'un que dans l'autre, elle ne m'avait fait songer à Jézabel. Mais il pouvait y avoir d'autres Magda que je ne connaissais pas. Prudent, je répondis que je n'avais pas d'opinion là-dessus. Elle reprit :

— Grand-père avait toujours dit que la pièce ne ferait pas un sou et que, pour lui, il ne mettrait jamais d'argent dans un drame religieux, personne n'ayant plus envie de voir ces machines-là. Seulement, maman était très emballée. Moi, la pièce ne me plaisait pas beaucoup. Elle ne ressemblait pas du tout au récit de la Bible. Jézabel n'était plus une méchante femme, mais quelqu'un de très bien, une grande patriote, de sorte que l'histoire ne présentait plus aucun intérêt. La fin, pourtant, n'était pas mal : on jetait Jézabel par la fenêtre. L'ennui, c'est qu'il n'y avait pas de chiens pour la dévorer ! C'était dommage, vous ne trouvez pas ? Maman prétend qu'on ne pouvait pas faire venir des chiens sur la scène, mais je ne vois vraiment pas pourquoi. Il n'y avait qu'à prendre des chiens savants.

Changeant de ton pour citer la Bible, elle ajouta :

— « Et ils la dévorèrent entièrement, ne laissant que la paume des mains. » Je me demande bien pourquoi ils n'ont pas mangé aussi la paume des mains !

— J'avoue que je ne saurais vous le dire.

— C'étaient des chiens qui avaient des drôles de goûts, probablement. Les nôtres ne sont pas comme ça. Ils mangent n'importe quoi !

Un instant, elle réfléchit sur ce mystère biblique. Je relançai la conversation.

— Je regrette que la pièce ait été un four.

— Maman a été terriblement déçue. La presse a été épouvantable. Quand maman lisait les critiques, elle fondait en larmes ou se mettait en colère. Un jour, elle a jeté le plateau de son petit déjeuner à la figure de Gladys et Gladys lui a donné ses huit jours. J'ai trouvé ça rigolo.

— Je vois, Joséphine, que vous aimez les situations dramatiques ?

— Vous savez qu'on a fait l'autopsie de grand-père, pour trouver de quoi il est mort ?

— Je sais. Sa disparition vous a fait du chagrin ?

— Pas tellement. Je ne l'aimais pas beaucoup. C'est lui qui m'a empêchée de suivre des cours pour devenir ballerine.

— Vous vouliez danser ?

— Oui. Maman était d'accord. Papa aussi. Mais grand-père a dit que je ne ferais rien de bon...

Elle haussa les épaules, puis, changeant de sujet, me demanda comment je trouvais la maison.

— Elle vous plaît ?

— Je n'en suis pas tellement sûr, dis-je.

— Il est probable qu'elle sera vendue, à moins que Brenda ne continue à l'habiter. Il est bien possible aussi que l'oncle Roger et la tante Clemency ne s'en aillent plus, maintenant.

— Ils devaient s'en aller ?

— Oui. Ils partaient mardi. Ils allaient quelque part sur le continent. Ils devaient voyager en avion. La tante Clemency avait même acheté une de ces jolies petites valises spéciales qui pèsent trois fois rien...

— Je n'avais pas entendu parler de ce voyage.

— Personne n'était au courant. C'était un secret qui ne devait être révélé qu'après leur départ. Ils devaient laisser un mot pour prévenir grand-père.

— Mais pourquoi s'en allaient-ils ? Vous le savez ?

Elle me regarda d'un air malicieux.

— J'ai idée que je le sais. Je n'en suis pas sûre, évidemment, mais l'oncle Roger aurait commis des détournements que ça ne m'étonnerait pas.

— Qu'est-ce qui vous fait dire ça ?

Elle se rapprocha de moi et baissa la voix.

— Le jour de la mort de grand-père, l'oncle Roger est resté enfermé avec lui dans sa chambre pendant un temps interminable. Ils ont causé, causé, causé... L'oncle Roger s'accusait de n'être qu'un pauvre type, disant qu'il n'avait rien fait de propre et qu'il était indigne de la confiance de grand-père.

Je regardai Joséphine avec un peu d'inquiétude.

— On ne vous a jamais dit, Joséphine, qu'il était très vilain d'écouter aux portes ?

Elle sourit.

— Bien sûr que si ! Seulement, si vous voulez apprendre des choses, il faut écouter aux portes. Demandez à l'inspecteur Taverner ! Vous croyez qu'il se gêne ?

Je n'eus pas le temps de répondre. Elle poursuivait :

— D'ailleurs, s'il n'écoute pas aux portes, lui, l'autre, celui aux souliers de daim, ne s'en prive pas ! Et, tous les deux, ils fouinent partout ! Ils ouvrent les secrétaires des gens, ils lisent les lettres, ils découvrent les secrets de tout le monde. Seulement, ils ne sont pas malins et, surtout, ils ne savent pas où chercher !... Eustace et moi, nous savons des tas de choses. J'en sais plus que lui, mais je ne les lui dirai pas. Il prétend que les femmes ne peuvent pas être de grands détectives. Moi, je suis sûre du contraire. Tout ce que je sais, je l'écrirai dans un cahier et, quand la police se reconnaîtra battue, je me présenterai avec mes notes et je dirai : « Moi, le coupable, je sais qui c'est ! »

— Vous lisez beaucoup de romans policiers, Joséphine ?

— Des masses !

— Et j'imagine que vous croyez savoir qui a tué votre grand-père ?

— J'ai une idée là-dessus, mais il me manque encore des preuves.

Après un court silence, elle reprit :

— L'inspecteur Taverner croit bien que c'est Brenda qui l'a empoisonné, n'est-ce pas ? Peut-être avec Laurence, étant donné qu'ils sont amoureux l'un de l'autre...

— Vous ne devriez pas dire des choses comme ça, Joséphine !

— Pourquoi ? Ce n'est pas vrai ?

— Vous ne pouvez pas le savoir.

— Allons donc ! Ils s'écrivent des lettres... Des lettres d'amour !

— Comment le savez-vous ?

— Je le sais, parce que je les ai lues. Des lettres très sentimentales. D'ailleurs, avec Laurence, ça se comprend : il est terriblement sentimental. Tellement qu'il a eu peur d'aller à la guerre. Ici, quand les V-2 passaient au-dessus de la maison, il devenait vert, vraiment vert... Ça nous faisait bien rire, Eustace et moi !

Ce que j'aurais dit ensuite, je ne le sais pas trop. Le bruit d'une voiture qui s'arrêtait dans l'allée mit fin à notre conversation. Joséphine avait couru à la fenêtre.

— Qui est-ce ? demandai-je.

— Mr Gaitskill, l'avoué de grand-père. Je suppose qu'il vient pour le testament.

Très surexcitée, Joséphine quitta le salon, vraisemblablement pour poursuivre son enquête.

Magda Leonidès, presque aussitôt, arrivait dans la pièce. A ma grande surprise, elle vint directement à moi et prit mes mains dans les siennes.

— Dieu merci ! s'écria-t-elle, vous êtes encore là ! On a tant besoin d'un homme, dans cette maison !

Elle me lâcha les mains, s'assit, considéra un moment son image dans une glace, puis resta là, pensive, ses doigts jouant sur la table avec un petit coffret en émail de Battersea, dont elle ouvrait et refermait le couvercle. Son attitude, très étudiée, ne manquait pas de grâce.

Sophia passa la tête dans la porte entrebâillée et, dans un murmure, annonça l'imminente arrivée de Gaitskill.

— Je sais, dit Magda.

Peu après, Sophia entrait, accompagnée d'un petit homme d'un certain âge déjà. Magda se leva pour aller à sa rencontre.

— Bonjour, madame ! lui dit-il. Je monte au premier étage. Je crois qu'il y a un malentendu au sujet du testament. D'après la lettre qu'il m'a écrite, votre mari semble penser que ce document est entre mes mains. J'ai l'impression, moi, d'après ce que m'a dit Mr Leonidès lui-même, qu'il est dans son coffre. Vous ne savez pas ce qu'il en est ?

Magda ouvrait de grands yeux étonnés.

— Moi ? Certainement pas. N'allez pas me dire que cette vilaine femme l'a détruit !

L'avoué agita, à hauteur de son visage, un index grondeur.

— Voyons, madame, voyons ! Pourquoi lancer au hasard des accusations ? Il s'agit seulement de savoir où votre beau-père conservait son testament.

— Mais il vous l'a envoyé, après l'avoir signé ! J'en suis sûre. Il nous l'a dit.

Gaitskill ne prit même pas la peine de démentir.

— La police, dit-il, a examiné les papiers personnels de Mr Leonidès. Je vais dire un mot à l'inspecteur...

Il sortit sans rien ajouter.

— Elle l'a détruit ! s'écria Magda. Pour moi, ça ne fait pas le moindre doute !

Sophia protesta.

— Mais non, maman ! Elle n'aurait pas fait une telle bêtise !

— Une bêtise ? Tu ne te rends donc pas compte que, s'il n'y a pas de testament, elle hérite tout !

— Attention ! Voici Gaitskill !

L'avoué revenait, escorté de l'inspecteur Taverner. Philip entra derrière eux.

— D'après ce que m'a déclaré Mr Leonidès, disait Gaitskill, il avait déposé son testament à la banque.

Taverner secoua la tête.

— J'ai téléphoné à la banque. Elle a en dépôt des valeurs que M. Leonidès lui avait confiées, mais elle ne détient aucun de ses papiers personnels.

Philip intervint.

— Peut-être Roger ou la tante Edith... Veux-tu les prier de venir, Sophia ?

Roger, consulté, n'apporta au débat aucun élément nouveau. Il était sûr que son père, le lendemain même du jour où il l'avait signé, avait par la poste expédié son testament à Gaitskill.

— Si ma mémoire ne me trompe pas, dit l'avoué, c'est le 24 novembre de l'année dernière que j'ai fait tenir à M. Leonidès un projet, rédigé sur ses instructions. Il l'approuva, m'en fit retour et, un peu plus tard, je lui remis un testament qu'il n'avait plus qu'à signer. Au bout d'une huitaine de jours je me risquai à lui rappeler que je n'avais pas reçu son testament, me hasardant même à lui demander s'il projetait d'apporter au document certaines modifications. Il me répondit que tout était très bien comme ça et que son testament, dûment signé, était maintenant à sa banque.

— Tout cela est parfaitement exact, déclara Roger. Effectivement, l'an dernier, vers la fin de novembre, mon père nous réunit tous, un soir, pour nous donner lecture de son testament.

Taverner se tourna vers Philip Leonidès.

— Est-ce que cela concorde avec vos souvenirs, monsieur Leonidès ?

— Oui.

Magda poussa un soupir.

— Je me rappelle fort bien cette soirée. On aurait cru que nous jouions une scène de *La Succession de Voysey*.

Taverner revint à Gaitskill.

— Et quelles étaient les dispositions du testament ?

Roger ne laissa pas à l'avoué le temps de répondre.

— Elles étaient extrêmement simples. Electra et Joyce étant mortes, les donations que notre père leur avait faites lui étaient revenues. Le fils de Joyce, William, avait été tué à Burma et l'argent qu'il avait était allé à son père. Nous étions, Philip, les enfants et moi, les seuls héritiers en ligne directe. Notre père laissait, libres de tous droits et charges, cinquante mille livres sterling à la tante Edith et cent mille à Brenda, celle-ci héritant en outre la maison, qu'elle conserverait, à moins qu'elle ne préférât en acheter une à Londres. Le reste devait être partagé en trois parts égales, une pour Philip, une pour moi, la troisième devant être divisée également entre Sophia, Eustace et Joséphine, les parts de ces deux derniers ne devant, bien entendu, leur être remises qu'à leur majorité. Il me semble, monsieur Gaitskill, que je ne me suis pas trompé ?

— Effectivement, reconnut l'avoué, un peu vexé que

Roger eût pris la parole à sa place, ce sont bien là, en gros, les dispositions du document que j'ai établi.

— Notre père nous l'a lu, reprit Roger. Puis il nous a demandé si nous avions des observations à faire. Naturellement, il n'y en eut pas.

Miss de Haviland rectifia :

— Il y eut les commentaires de Brenda !

— C'est exact ! dit Magda avec un plaisir évident. Elle déclara qu'il lui était insupportable d'entendre son cher Aristide parler de sa mort, que ça la rendait malade et que, s'il venait à disparaître, elle ne voulait pas de son argent !

— Une protestation de pure forme, qui montre bien dans quel milieu la dame a été élevée !

Edith de Haviland avait prononcé ces mots d'un ton acide et méprisant. Elle haïssait Brenda, on n'en pouvait douter.

— La lecture terminée, que s'est-il passé ? demanda Taverner.

— Mon père a signé le testament, dit Roger.

— Quand et comment ?

Roger jeta vers sa femme un regard de détresse. Clemency parla aussitôt, à la satisfaction de tous, me sembla-t-il.

— Vous voulez savoir quel a été exactement le... cérémonial de la signature ?

— S'il vous plaît, madame.

— Mon beau-père a posé le testament sur son bureau et prié l'un de nous — Roger, si je me souviens bien — d'appeler son domestique. Johnson, répondant au coup de sonnette, est entré dans la pièce. Mon beau-père lui a demandé d'aller chercher Janet Woolmer, la femme de chambre. Elle est venue, il a signé devant eux, et les a invités à apposer leur signature sur le document, en dessous de la sienne.

— Procédure rigoureusement légale, fit observer Gaitskill.

— Ensuite ? demanda Taverner.

— Il les a remerciés et ils se sont retirés. Mon beau-père a mis son testament sous enveloppe, en disant qu'il le ferait parvenir le lendemain à Mr Gaitskill.

Taverner promena son regard sur l'assistance.
— C'est bien ainsi que les choses se sont passées ? Vous êtes tous d'accord ?
Des murmures d'acquiescement lui répondirent.
— Vous m'avez dit, reprit-il, que le testament était posé sur le bureau. Etiez-vous loin de ce bureau ?
— Pas trop. Disons trois ou quatre mètres.
— Quand Mr Leonidès a donné lecture de son testament, il était assis à son bureau ?
— Oui.
— Sa lecture terminée, s'est-il levé et éloigné de son bureau, avant de signer ?
— Non.
— En signant, les domestiques ont-ils pu lire le document ?
— Non, mon beau-père avait placé sur le texte une feuille de papier blanc.
— Avec raison, dit Philip. Le contenu de son testament ne les regardait pas.
— Je vois, grommela Taverner. Ou, plutôt, je ne vois pas...
Brusquement, il tira de la poche intérieure de son veston une grande enveloppe oblongue qu'il tendit à l'avoué.
— Jetez un coup d'œil là-dessus et dites-moi ce que c'est !
Mr Gaitskill ouvrit l'enveloppe, déplia le document qu'elle contenait et, stupéfait, se tourna vers l'inspecteur.
— Je ne comprends pas. Puis-je vous demander où vous avez trouvé ça ?
— Dans le coffre de Mr Leonidès, parmi d'autres papiers.
— Et qu'est-ce que c'est ?
Mr Gaitskill répondit à la question de Roger.
— C'est là, Roger, le testament que j'ai envoyé à votre père pour qu'il le signe. Mais, et c'est ce que je ne m'explique pas, après ce que vous nous avez dit, il n'est pas signé !
— Alors, c'est qu'il s'agit d'un brouillon !
— Nullement, répliqua l'avoué. Le brouillon, le projet

original, M. Leonidès me l'avait retourné et je m'en suis servi pour établir le document même que j'ai entre les mains, lequel devait porter trois signatures. Je n'en vois aucune !

— Mais c'est impossible ! s'exclama Roger, sur un ton véhément que je ne lui connaissais pas encore.

Taverner se tourna vers lui.

— Votre père avait une bonne vue ?

— Il souffrait d'un glaucome. Pour lire, il mettait des verres très forts.

— Il les portait ce soir-là ?

— Oui. Il n'a tiré ses lunettes qu'après avoir signé. Je ne crois pas me tromper.

— C'est parfaitement exact, affirma Clemency.

— Et vous en êtes tous bien sûrs, personne ne s'est approché du bureau avant la signature ?

— Maintenant, je me le demande ! dit Magda, clignant des yeux. Il faudrait pouvoir revoir la scène.

Sophia intervint, catégorique.

— Personne n'est allé près du bureau et grand-père ne s'en est pas éloigné une seconde.

— Le bureau était où il se trouve actuellement ? Il n'était pas près d'une porte, près d'une fenêtre, ou d'une tenture quelconque ?

— Non. Il n'était où vous l'avez vu.

— J'essaie, reprit Taverner, de me représenter comment la substitution, qui n'est pas douteuse, a pu être opérée. M. Leonidès, j'en suis convaincu, était persuadé qu'il signait le document dont il venait de vous donner lecture.

— N'est-il pas possible qu'on ait fait disparaître les signatures ? demanda Roger.

— Non, monsieur Leonidès. La chose aurait laissé des traces. Ce qui se peut, par contre, c'est que ce document ne soit pas celui que Mr Gaitskill avait envoyé à M. Leonidès et qui fut signé en votre présence.

— Du tout ! s'écria l'avoué. Je puis jurer que c'est bien là le document original. Il y a une paille dans le papier, dans le coin gauche, en haut... On dirait un avion. Je l'avais remarquée à l'époque.

— Mais enfin, lança Roger, nous étions tous là !

Je me refuse à croire que tout cela soit possible !

Miss de Haviland toussota.

— Inutile de dire que les choses sont impossibles quand on constate ce qu'elles sont ! Ce que j'aimerais savoir, c'est ce qu'est maintenant notre position.

Gaitskill retrouva immédiatement toute sa prudence de juriste.

— La situation, déclara-t-il, demande un examen attentif. Le présent document, c'est incontestable, révoque tous les testaments que M. Leonidès aurait pu faire antérieurement. Des témoins nombreux ont vu mon client apposer sa signature sur ce qu'il croyait, en toute bonne foi, être le document même que voici. Sa volonté est certaine, mais nous nous trouvons en présence d'un problème juridique extrêmement délicat.

Taverner consulta sa montre.

— J'ai bien peur, dit-il, d'être en train de vous empêcher de vous mettre à table !

— Puis-je vous retenir à déjeuner, inspecteur ? demanda Philip.

— Je vous remercie, monsieur Leonidès, mais j'ai rendez-vous à Swinly Dean avec le Dr Gray.

Philip se tourna vers l'avoué.

— Vous restez avec nous, Gaitskill ?

— Volontiers, Philip.

Tout le monde se leva. Je me glissai discrètement près de Sophia, à qui, dans un souffle, je demandai si je devais m'en aller. Elle me répondit qu'elle croyait que cela valait mieux. Je quittai la pièce, me hâtant pour rejoindre Taverner, déjà sorti. Dans le couloir, je rencontrai Joséphine.

— Les policiers sont des idiots ! me dit-elle.

Sophia parut, venant du salon.

— Où étais-tu, Joséphine ?

— Avec Nannie, à la cuisine.

— Je croirais plutôt que tu écoutais à la porte.

Joséphine fit une grimace à sa sœur et battit en retraite. Sophia hocha la tête et dit :

— L'éducation de cette enfant pose des problèmes bien difficiles.

## 11

J'entrai dans le bureau de mon père, au Yard, comme Taverner achevait un récit qui devait avoir été passablement désabusé.

— Et voilà où nous en sommes ! disait-il. Je sais à peu près ce qu'ils ont dans le ventre et qu'est-ce que ça me donne ? Rien du tout ! Mobiles ? Néant. Aucun d'eux n'est fauché et tout ce que nous avons contre la femme et son amoureux, c'est qu'il la contemple avec des yeux langoureux quand elle lui verse son café !

— Allons, allons, Taverner ! dis-je. Si vous voulez, moi je peux vous donner mieux que ça !

— Vraiment ? Et qu'est-ce que vous avez donc ?

Je m'assis, j'allumai une cigarette, puis je vidai mon sac.

— Roger Leonidès et sa femme devaient filer à l'étranger mardi prochain. Roger et son père ont eu une explication orageuse le jour même de la mort du vieux. L'ancêtre avait découvert quelque chose qui ne tournait pas rond et Roger se reconnaissait coupable.

Les joues de Taverner s'étaient empourprées.

— D'où diable tenez-vous tout ça ? Si vous avez interrogé les domestiques...

— Je ne leur ai rien demandé. Je dois mes renseignements à un détective privé.

— Qu'est-ce que vous me chantez là ?

— Et j'ajoute que, comme dans les meilleurs romans du genre, ce détective privé laisse loin derrière lui les limiers officiels. Je crois, d'ailleurs, qu'il en sait plus encore qu'il ne m'en a confié.

Taverner ouvrit la bouche pour parler et la referma sans avoir rien dit. Il avait tant de questions à poser qu'il ne savait par laquelle commencer.

— Alors, dit-il enfin, Roger serait un pas grand-chose ?

Je le mis au courant. Sans joie. Roger m'était sympathique et il me répugnait un peu de lancer sur lui les policiers. Evidemment, Joséphine pouvait m'avoir menti, mais j'en doutais fort. Si elle avait dit vrai, la situation prenait un aspect tout nouveau. Si Roger avait détourné les fonds de l'Associated Catering et si son père avait découvert la chose, on pouvait trouver au crime une explication, Roger supprimant le vieux et quittant l'Angleterre avant que la vérité ne fût connue.

— Avant tout, dit mon père, il faut savoir comment vont les affaires de l'Associated Catering. Si c'est un krach, il sera de taille !

— Si la société est en difficulté, déclara Taverner, le problème est résolu. Le vieux Leonidès fait comparaître Roger. L'autre s'effondre et avoue. Brenda est au cinéma. Roger sort de la chambre de son père, va à la salle de bains, vide une fiole d'insuline et la remplit avec une solution d'ésérine, et le tour est joué ! A moins que sa femme ne se soit chargée de l'opération. Elle nous a raconté que, ce jour-là, en rentrant, elle est allée dans l'autre aile de la maison, soi-disant pour y chercher une pipe oubliée par son mari. Il se peut très bien qu'elle n'ait été là-bas que pour trafiquer les fioles dans la salle de bains, avant le retour de Brenda. C'est une femme qui a du sang-froid et je la vois très bien faisant ça !

J'acquiesçai.

— Je la vois même dans ce rôle-là beaucoup mieux que son mari, reprit Taverner. D'autre part, Roger Leonidès n'aurait sans doute pas pensé à l'ésérine. Le poison, c'est un truc de femme !

— Des empoisonneurs, il y en a eu ! dit mon père. Et beaucoup.

— D'accord ! Mais ils n'étaient pas construits comme Roger.

— Et croyez-vous que Pritchard ressemblait à un empoisonneur ?

— Alors, disons qu'ils étaient dans le coup tous les deux...

— Et ayons l'œil tout spécialement sur lady Macbeth ! ajouta mon père, tandis que Taverner s'en allait vers la porte.

L'inspecteur parti, le « pater » se tourna vers moi.

— Cette dernière comparaison te semble bonne ?

Je revis la gracieuse silhouette de Clemency Leonidès.

— Pas tellement ! dis-je. Lady Macbeth était l'avidité personnifiée. Je ne crois pas que Clemency Leonidès soit âpre.

— Mais peut-être a-t-elle voulu, au prix d'une tentative désespérée, sauver son mari !

— Peut-être... Et il est certain que c'est une femme capable de se montrer... impitoyable !

Je pensais à la phrase de Sophia : « Des gens impitoyables, mais qui ne sont pas tous impitoyables de la même façon. » Le paternel gardait ses yeux fixés sur moi.

— A quoi songes-tu ?

Je préférai ne pas le lui dire.

Le lendemain, mon père me convoquait à son bureau. Je l'y trouvai avec un Taverner radieux.

— L'Associated Catering est en perdition, me dit le « pater ».

— Elle coulera d'une minute à l'autre, ajouta Taverner.

— Effectivement, dis-je, j'ai vu que les cours ont sérieusement baissé hier. Mais ils paraissent avoir remonté aujourd'hui.

Taverner reprit :

— Nous avons enquêté avec une discrétion exemplaire, aussi bien pour ne pas provoquer de panique que pour ne pas alerter notre client, mais nos renseignements sont sûrs : le krach est imminent et on ne l'évitera pas. La vérité, c'est que, depuis des années, l'affaire est menée en dépit du bon sens.

— Par Roger Leonidès ?

— Evidemment. C'est lui le grand patron !

— Et il a détourné des fonds ?

— Non, ce n'est pas notre impression. A franchement parler, Roger Leonidès est peut-être un assassin, mais je ne crois pas que ce soit un escroc. C'est plutôt un imbécile. Il n'a pas le moindre jugement. Il s'est lancé à fond quand il aurait dû freiner et il a freiné quand il aurait dû appuyer sur l'accélérateur, il a donné des pouvoirs exorbitants à des individus impossibles, accordé sa confiance à tout le monde et à n'importe qui, bref, toujours fait exactement ce qu'il convenait de ne pas faire !

— Il y a des gens comme ça, dit mon père. Ils ne sont pas bêtes pour autant. Ils ne savent pas juger les hommes, voilà tout ! Et ils s'emballent toujours à contretemps !

— Quand on est comme ça, fit remarquer Taverner, on ne se met pas dans les affaires !

— Sans doute. Mais il se trouvait qu'il était le fils d'Aristide Leonidès...

— Quand le vieux lui a passé la main, reprit Taverner, la compagnie était en plein boum ! C'était une mine d'or. Il n'y avait qu'à s'asseoir dans le fauteuil et à laisser courir !

Mon père hocha la tête.

— Ne croyez pas ça, Taverner ! Il n'y a pas d'affaire qui se dirige toute seule ! Il y a toujours des décisions à prendre et des problèmes, grands ou petits, à résoudre. Si Roger Leonidès se trompait régulièrement...

— Il faut reconnaître, dit Taverner, que c'est un brave homme. Il a conservé des types invraisemblables, simplement parce qu'il avait pour eux de la sympathie ou parce qu'ils étaient là depuis longtemps. Il a eu le tort aussi de dépenser des sommes folles pour réaliser des projets qui ne tenaient pas debout.

— Sans commettre, cependant, rien de répréhensible ?

— Rien.

— Alors, demandai-je, pourquoi aurait-il tué ?

— Dans ces cas-là, répondit l'inspecteur, qu'on soit un fou ou une crapule, le résultat est le même, ou à peu près. Il n'y avait qu'une chose qui pouvait empêcher l'Associated Catering de sombrer. Il lui aurait fallu recevoir, avant mercredi prochain au plus tard, une somme vraiment considérable.

— Analogue à celle dont il hériterait ?

— Exactement.

— Mais cet héritage ne lui donnerait aucune disponibilité immédiate.

— Il lui vaudrait du crédit. Ça revient au même.

Le « pater » approuva du chef et dit :

— N'aurait-il pas été pour lui infiniment plus simple d'aller trouver le vieux Leonidès et de lui demander un coup d'épaule ?

— A mon avis, déclara Taverner, c'est ce qu'il a fait et c'est la conversation qu'ils ont eue à ce moment-là que la gosse a entendue. Le vieux n'a pas marché, estimant que les pertes étaient suffisantes comme ça et que mieux valait ne pas essayer de les rattraper. Il avait horreur de jeter l'argent par les fenêtres.

Je crois que, sur ce point, Taverner voyait juste. Aristide Leonidès n'avait pas voulu monter la pièce de Magda, parce qu'il considérait qu'elle ne ferait pas un sou. L'événement devait lui donner raison. Il se montrait généreux avec les siens, mais il n'était pas homme à engloutir des capitaux dans une entreprise condamnée. L'Associated Catering avait vraisemblablement besoin de centaines de milliers de livres. Il avait refusé de les donner. Il ne restait donc à Roger qu'un moyen d'éviter la ruine : tuer son père.

C'était bien le *mobile* que nous cherchions.

Le paternel consulta sa montre.

— Je lui ai demandé de venir, dit-il. Il arrivera d'une minute à l'autre.

— Roger?

— Oui.

La chose me chiffonna un peu. Je songeai à l'araignée de la fable, invitant la mouche à entrer dans son antichambre. Tout était prêt. Le sténographe affûtait ses crayons. Un trembleur virbra et, quelques instants plus tard, Roger pénétrait dans la pièce.

Il se heurta à la chaise et, de nouveau, sa gaucherie me frappa. Je ne pouvais le voir sans songer à un bon gros chien, cordial et maladroit. Impossible, vraiment, que cet homme-là eût transvasé de l'ésérine dans une fiole d'insuline. Il aurait cassé les verres en les manipulant.

Il parlait, très volubile.

— Vous désiriez me voir ? Vous avez trouvé quelque chose ?... Oh ! excusez-moi, Charles, je ne vous avais pas aperçu ! C'est gentil à vous d'être venu. Mais, dites-moi, sir Arthur...

Il avait décidément l'air d'un brave type. Seulement, des quantités d'assassins sont des gens délicieux jusqu'au jour où ils commettent le crime qui stupéfie leurs amis. Je lui souris. Lâchement. Je me faisais l'effet d'être Judas. Après quoi, j'allai m'asseoir dans un coin et j'écoutai.

Très froid, très « service », mon père avait prononcé les phrases rituelles. Roger ayant nettement manifesté qu'il se souciait fort peu des routines policières et ne voyait aucun inconvénient à parler hors de la présence d'un avocat, le « pater » poursuivit :

— Je vous ai prié de venir jusqu'ici, monsieur Leonidès, non pour vous communiquer des informations, mais pour vous inviter à me donner celles que jusqu'à présent vous avez cru devoir garder par devers vous.

Roger semblait abasourdi.

— Mais je vous ai tout dit, absolument tout !

— J'en doute. Vous avez bien eu un entretien avec le défunt dans l'après-midi même où il est mort ?

— C'est exact. J'ai pris le thé avec lui. Je vous l'ai dit.

— Vous me l'avez dit, c'est vrai, mais vous ne nous avez rien dit de la conversation.

— Nous avons... parlé, tout simplement.

— Parlé de quoi ?

— Des petits faits de la journée, de la maison, de Sophia...

— Mais pas de l'Associated Catering.

Je crois que jusqu'alors je m'étais complu à penser que toute cette histoire n'existait que dans l'imagination de Joséphine. Cet espoir, je devais y renoncer : Roger, blême, était l'image même du désarroi. Il se laissa tomber dans un fauteuil et se cacha le visage dans les mains, en murmurant : « Mon Dieu ! » Taverner souriait : le chat guettait la souris.

— Vous admettez, monsieur Leonidès, que vous avez manqué de franchise avec nous ?

— Mais comment savez-vous ? Je pensais que tout le monde l'ignorait et je ne vois pas comment quelqu'un a pu le savoir !

Mon père déclara d'un ton assez solennel que la police connaissait son métier. Il ajouta :

— Je veux croire, monsieur Leonidès, que vous vous rendez compte maintenant que vous auriez intérêt à nous dire la vérité ?

— Evidemment. Je vais vous la dire. Que voulez-vous savoir ?

— Est-il exact que l'Associated Catering se trouve au bord de la faillite ?

— Oui. Le krach ne peut plus être évité. Si seulement mon père avait pu mourir sans savoir ça ! Je me sens si honteux, si déshonoré...

— La déconfiture de l'Associated Catering peut-elle donner lieu à des poursuites ?

Roger redressa le buste.

— Certainement pas ! Nous sombrerons, mais honorablement. Les créanciers recevront vingt shillings pour une livre, si je mets dans la liquidation mes biens personnels, ce que je ferai. Non, ce qui fait ma honte, c'est que je n'ai pas été digne de la confiance dont mon père m'avait honoré. Il m'avait placé à la tête de sa plus belle entreprise, celle qu'il chérissait entre toutes. Il n'est jamais intervenu dans mes opérations, il ne m'a jamais demandé ce que je faisais. Il me faisait confiance, simplement... et je ne le méritais pas !

Mon père répliqua assez sèchement :

— Comment se fait-il, s'il n'y a pas lieu d'envisager des poursuites, que vous ayez songé à fuir à l'étranger, avec votre femme, sans rien dire à personne ?

— Vous savez ça aussi ?

— Mais oui, monsieur Leonidès !

Roger reprit, d'une voix que l'émotion voilait par instants :

— Vous ne comprenez donc pas ? Il m'était impossible d'affronter mon père et de lui dire la vérité. Il aurait cru que je lui demandais de l'argent, que j'attendais de lui qu'il me renflouât ! Il avait pour moi beaucoup... beaucoup d'affection. Il aurait tenu à venir à mon secours... et cela, je ne le voulais pas. Tout aurait recommencé comme auparavant et, une fois encore, j'aurais tout gâché ! Je ne suis pas de taille à mener une affaire comme celle-là ! Je ne suis pas l'homme que mon père était. Je l'ai toujours su. J'ai fait de mon mieux... et j'ai échoué. Les jours que j'ai vécus, vous ne sauriez les imaginer ! J'ai tout fait pour me remettre à flots, dans l'espoir que le pauvre cher homme ne saurait jamais rien : tous mes efforts sont restés vains... et il est venu un moment où j'ai compris que le krach était désormais inévitable. Avec ma femme, qui voyait les choses comme je les voyais moi-même, nous avons longuement examiné la situation pour, finalement, décider de ne rien dire à personne et de nous en aller, cependant que l'orage éclaterait. Je laisserais à mon père une lettre, où je lui expliquerais tout, le suppliant de me pardonner. Il aurait essayé de venir à mon secours — il a toujours été d'une telle bonté pour moi ! — mais il aurait été trop tard... et c'était bien ce que je voulais ! Ne rien lui demander, et surtout ne pas avoir l'air de lui demander quelque chose ! J'aurais recommencé ma vie ailleurs, vivant simplement, humblement. L'existence n'aurait pas été facile et c'était un lourd sacrifice que je demandais à Clemency, mais elle m'avait juré qu'elle l'acceptait de grand cœur. C'est une femme admirable... absolument.

— Je vois. Et pourquoi avez-vous changé d'avis ?

Le ton du « pater » restait glacial.

— Changé d'avis ?

— Oui. Pourquoi, en définitive, êtes-vous allé trouver votre père pour lui demander une aide financière ?

Roger ouvrait de grands yeux.

— Mais je ne lui ai rien demandé de tel !

— Voyons, voyons, monsieur Leonidès !

— Je vous dis la vérité. Je ne suis pas allé le trouver, c'est lui qui m'a fait appeler. Des bruits avaient dû parvenir jusqu'à lui, quelqu'un avait dû le renseigner, bref il était au courant. Il essaya de me faire parler... et, finalement, je m'effondrai. Je lui racontai tout, lui disant que la perte d'argent m'était moins douloureuse que le sentiment de n'avoir pas été digne de lui...

Roger avala sa salive et poursuivit :

— Il ne me fit aucun reproche, le cher homme ! Il ne me dit que des paroles gentilles. Je lui déclarai que je ne souhaitais pas qu'il me vînt en aide, que je préférais m'en tenir à mes résolutions et m'expatrier, comme j'avais décidé de le faire. Il ne voulut rien entendre. Son parti était pris : il remettrait l'Associated Catering sur pied.

Le « pater » répliqua d'une voix tranchante :

— Vous nous demandez de croire que votre père avait l'intention de vous apporter une aide financière ?

— Certainement. Il a d'ailleurs écrit sur-le-champ une lettre à ses banquiers pour leur donner des instructions à cet effet.

Mon père semblait incrédule. Roger rougit.

— Cette lettre, je l'ai toujours. Je devais la mettre à la poste, mais, naturellement, dans le désarroi qui a suivi la mort de mon père, j'ai oublié. Je dois l'avoir dans ma poche...

Il explora son portefeuille et, y découvrant enfin ce qu'il cherchait, tendit au « pater » une enveloppe timbrée adressée — je le lus de loin — à Messrs Greatorex et Hanbury.

— Lisez vous-même, dit-il. Puisque vous ne me croyez pas...

Taverner, qui s'était approché, prit en même temps que mon père connaissance de la lettre, dont le contenu ne devait m'être révélé qu'un peu plus tard. Elle invitait Messrs Greatorex et Hanbury à réaliser certaines valeurs et les priait d'envoyer le lendemain un de leurs collaborateurs auprès de Mr Aristide Leonidès pour recevoir de lui certaines instructions relatives à l'Associated Catering. Roger n'avait pas menti. Son père se disposait à renflouer l'affaire.

— Nous conserverons cette lettre, monsieur Leonidès, dit Taverner. Je vais vous en donner reçu.

Roger se leva.

— Vous n'avez rien d'autre à me demander ? Je vous ai convaincus ?

Taverner lui remit le reçu qu'il venait de rédiger et reprit :

— Cette lettre en poche, vous avez quitté Mr Leonidès. Qu'avez-vous fait ensuite ?

— Je me suis précipité chez moi. Ma femme venait de rentrer. Je l'ai mise au courant des intentions de mon père. Je lui ai dit comme il avait été... admirable ! J'étais fort ému et je savais à peine ce que je faisais.

— Et c'est longtemps après que votre père s'est... senti mal ?

— Une demi-heure, peut-être... ou une heure, je ne saurais préciser. Brenda est arrivée chez nous, tout essoufflée, les yeux hagards. Elle nous dit que mon père était très mal. J'ai couru chez lui, avec elle... Mais je vous ai déjà dit tout cela !

— Au cours de la visite que vous aviez faite auparavant à votre père, étiez-vous entré dans la salle de bains qui communique avec sa chambre ?

— Je ne crois pas... Non, je suis sûr que non. Mais vous ne supposez pas que c'est moi qui...

Le « pater » ne laissa pas le temps à Roger d'exprimer son indignation. Vivement, il se leva, alla à lui et lui prit les deux mains, disant :

— Je vous remercie, monsieur Leonidès. Vous nous avez appris des choses fort intéressantes, que vous avez seulement eu le tort de ne pas nous dire plus tôt.

Roger sorti, je me levai pour aller jeter un coup d'œil sur la lettre, restée sur le bureau de mon père.

— Il se peut que ce soit un faux ! dit Taverner, comme s'il avouait un dernier espoir.

Le paternel admit que c'était possible.

— Mais je ne le crois guère, ajouta-t-il, et je pense que nous devons accepter la situation telle qu'elle est. Le vieux Leonidès se préparait à tirer son fils du pétrin, une chose qui lui était plus facile qu'elle ne le sera à l'intéressé, maintenant que son père est mort. On commence à savoir qu'il n'y a pas de testament, de sorte que l'on ne peut préciser ce que sera la part de Roger. On ne sera fixé que plus tard et, dans l'état actuel des choses, le krach ne peut pas ne pas avoir lieu. Il faut en prendre son parti, Taverner, Leonidès et sa femme n'avaient aucune raison de faire disparaître le bonhomme. Au contraire...

Il s'interrompit, répétant ces deux derniers mots, comme si une idée toute nouvelle venait de se présenter à son esprit. Parlant très lentement, il reprit :

— Si Aristide Leonidès avait vécu encore un peu, ne fût-ce que vingt-quatre heures, Roger aurait été tiré d'affaire. Mais ces vingt-quatre heures il ne les a pas eues. Il est mort dans l'heure, ou à peu près.

— Vous croyez, demanda Taverner, que quelqu'un, dans la maison, souhaitait que Roger fît la culbute ? Quelqu'un qui y aurait trouvé son compte ? Ça me paraît peu vraisemblable.

— Où en sommes-nous avec le testament ? A qui va l'argent du vieux ?

— Vous connaissez les hommes de loi ! répondit Taverner. Impossible de leur extraire un renseignement précis ! Il y a un testament antérieur, qui remonte à l'époque de son mariage avec la seconde Mrs Leonidès. Il lui laisse, à elle, la même somme, miss de Haviland reçoit un peu moins et le reliquat est partagé entre Philip et Roger. Je m'étais dit que, puisque l'autre testament n'était pas signé, l'ancien était valable, mais il paraît que ce n'est pas si simple que ça. Le seul fait qu'un second testament ait été rédigé rendrait le premier caduc, d'autant plus que des témoins attestent qu'il a été signé et qu'il n'y a donc aucun doute sur les intentions du défunt. Mais, finalement, il mourrait intestat que je n'en serais pas surpris. Dans ce cas-là, toute la fortune irait vraisemblablement à la veuve, ou tout au moins l'usufruit.

— Si le testament a disparu, c'est donc Brenda Leonidès, qui plus que quiconque, aurait lieu de s'en féliciter ?

— Sans aucun doute. Pour moi, s'il y a eu un tour de passe-passe, elle est dans le coup ! Mais du diable si je sais comment elle a pu s'y prendre !

Je ne le voyais pas plus que Taverner. Je reconnais que nous nous montrions d'une stupidité incroyable. Seulement, nous ne considérions pas les choses sous l'angle convenable.

## 12

Après le départ de Taverner, nous restâmes silencieux un instant. Je me décidai enfin à parler.

— Un assassin, papa, à quoi ressemble-t-il ?

Le « pater » leva la tête et me regarda d'un air pensif. Nous nous comprenons si bien qu'il savait parfaitement pourquoi je posais la question. Il y répondit avec le plus grand sérieux.

— Evidemment, dit-il, je me rends compte... Tu ne peux plus regarder les choses en simple spectateur...

J'avais toujours suivi avec intérêt, mais en amateur, les affaires « sensationnelles » dont le C.I.D. [1] s'occupait, mais, ainsi que mon père venait de le faire observer, dans le cas présent, ma position ne pouvait être celle d'un simple curieux.

— Je ne sais, poursuivit-il, si c'est bien à moi qu'il faut demander ça. Les éminents psychiatres qui travaillent avec nous ont sur le sujet des idées très arrêtées. Taverner, lui aussi, pourrait t'en dire long. Mais ce qui t'intéresse, j'imagine, c'est de savoir ce que je pense là-dessus, moi, après avoir fréquenté les criminels pendant des années et des années ?

— Exactement, dis-je.

Traçant de la pointe de l'index un cercle sur son sous-main, le « pater » reprit :

— Des assassins ? J'en ai connu de bien sympathiques...

J'eus un mouvement de surprise, qui le fit sourire. Il poursuivit :

— Mais oui, bien sympathiques !... Des types ordinaires, comme toi et moi, ou comme ce Roger Leonidès qui sort d'ici. Le meurtre, vois-tu, est un crime d'amateur. Je ne parle pas, bien entendu, des gangsters, mais des assassins d'occasion. Ceux-là, on a souvent l'impression que ce sont de très braves gens dont on dirait

(1) Le Criminal Investigation Department, la brigade des recherches criminelles.

presque qu'ils n'ont tué que par accident. Ils se trouvaient dans une position difficile, ils désiraient désespérément quelque chose, de l'argent ou une femme, et, pour l'obtenir, ils ont tué. Le frein, qui existe chez la plupart d'entre nous ne fonctionne pas chez eux. L'enfant, de même, passe immédiatement de l'intention à l'action. Furieux contre son petit chat, il lui dit : « Je te tuerai ! », puis il l'assomme à coups de marteau, quitte à pleurer ensuite toutes les larmes de son corps parce qu'il lui est impossible de le ressusciter. La notion du bien et du mal s'acquiert assez rapidement, mais, chez certaines gens, le fait n'empêche rien. A ma connaissance, le meurtrier n'a jamais de remords. Son raisonnement n'est pas le nôtre : il n'a rien fait de mal, il a accompli un geste nécessaire, le seul qui lui permettait de sortir de l'impasse, et c'est la victime qui est responsable de tout.

— Crois-tu, demandai-je, que la haine, la haine seule, puisse être un mobile suffisant ? Est-il possible, par exemple, que le vieux Leonidès ait été tué par quelqu'un qui le haïssait de longtemps ?

— Ça me paraît douteux, répondit le « pater ». La haine, celle à laquelle tu fais allusion, n'est en réalité qu'une antipathie particulièrement accusée. Les meurtriers tuent plus souvent les gens qu'ils aiment que ceux qu'ils détestent, et cela parce que ce sont surtout ceux que nous aimons qui peuvent nous rendre la vie insupportable.

Après un silence, il reprit :

— Tu me diras que tout ça ne nous avance guère, et c'est vrai ! Si je te comprends bien, ce que tu voudrais connaître, c'est le signe qui, dans une maisonnée où tout le monde semble à peu près normal, te permettrait de dire avec certitude : « L'assassin, le voici ! »

— C'est exactement ça !

— Existe-t-il un trait qui se retrouve chez tous les meurtriers, un « dénominateur commun » ? Je me le demande. S'il existe, ce serait, je crois, la vanité.

— La vanité ?

— Oui. Je n'ai jamais rencontré un meurtrier qui ne fût vaniteux. Neuf fois sur dix, il a tué par orgueil. Il a peur d'être pris, mais il ne peut s'empêcher de se vanter de son crime, et cela d'autant plus volontiers que, presque toujours, il est persuadé qu'il est beaucoup trop malin pour se faire pincer. De plus, il faut qu'il parle !

— Il faut qu'il parle ?

— Ça s'explique. Du fait même qu'il a tué, il est seul. Il aurait besoin de se confier... et la chose lui est interdite, ce qui ne fait qu'exacerber son envie de parler de son crime. Il ne dira rien, bien sûr, du meurtre lui-même, mais il le discutera, avancera des théories, échafaudera des hypothèses. A ta place, Charles, c'est de ce côté-là que je chercherais. Vois les gens et fais-les parler ! Ça n'ira pas tout seul, c'est évident, mais je suis convaincu qu'ils sont plusieurs qui seront heureux de te faire des confidences, parce qu'ils ne verront aucun inconvénient à dire à un étranger des choses qu'ils ne peuvent pas se dire entre eux. Tu verras bien ceux qui ont vraiment quelque chose à cacher, ceux qui essaieront de te lancer sur une fausse piste. Ceux-là commettent toujours la petite erreur qui les trahit.

Le moment me parut venu de rapporter à mon père ce que Sophia m'avait dit du caractère de tous les Leonidès. Tous impitoyables, mais de façon différente. La chose l'intéressa.

— Voilà, me dit-il, qui est évidemment fort intéressant. Il n'est guère de familles où l'on ne relève ainsi quelque trait caractéristique. Le défaut de la cuirasse... C'est passionnant, ces questions d'hérédité ! Les de Haviland sont sans pitié, mais ils ont le sens de la justice. Les Leonidès ne sont pas moins durs, ils ne sont pas toujours très scrupuleux, mais, ce qui rachète tout, ils ne sont pas méchants. Seulement, imagine un descendant qui tienne et des uns et des autres ! Tu vois ce que je veux dire ?

Je n'eus pas le temps de répondre. Il poursuivait :

— Au surplus, je ne te conseille pas de te casser la tête avec ces histoires d'hérédité, qui sont d'une complexité décourageante. Le mieux que tu puisses faire, mon garçon, c'est de provoquer les confidences de ces gens-là. Sophia avait parfaitement raison de te dire que vous ne pouvez, elle et toi, que gagner à ce que la vérité soit connue.

Comme je me levais pour sortir, il ajouta :

— Autre chose ! Fais attention à la petite !

— A Joséphine ? Tu crois qu'elle pourrait me deviner ?

— Tu ne m'as pas compris. Je veux dire : « Veille à ce qu'il ne lui arrive rien ! »

Je regardai mon père avec stupeur. Il reprit :

— Réfléchis, Charles ! Il y a dans cette maison un assassin, à lui la résolution ne manque pas. La jeune Joséphine a l'air d'être au courant de pas mal de choses. Conclus !

— Il est certain, dis-je, qu'elle savait tout des intentions de Roger. Elle se trompait sur un point : Roger n'est pas un escroc, mais, pour le reste, elle avait bien entendu.

— Aucun doute là-dessus. Le témoignage d'un enfant est toujours excellent et, pour moi, je ne le néglige jamais. On ne peut pas compter sur eux devant le tribunal, bien sûr, les gosses devenant idiots quand on les interroge directement, mais lorsqu'ils parlent sans qu'on leur demande rien, lorsqu'ils essaient de se faire valoir, ils sont extrêmement utiles. Joséphine a voulu t'en mettre plein la vue. Il dépend de toi qu'elle continue. Ne lui pose pas de questions, dis-lui qu'elle ne sait rien, je suis convaincu qu'elle fera de son mieux pour te prouver le contraire. Seulement, veille sur elle ! Il y a vraisemblablement quelqu'un qui pourrait juger qu'elle en sait un peu trop !

## 13

Je quittai mon père assez mal à l'aise : je me sentais coupable. Sans doute, j'avais rapporté à Taverner tout ce que Joséphine m'avait dit sur Roger, mais je ne lui avais pas parlé de ces lettres d'amour que, d'après la petite, Brenda et Laurence Brown s'écrivaient.

J'essayais de me trouver des excuses : la chose n'était peut-être pas vraie, et en admettant qu'elle le fût, elle était sans importance. La vérité, je la voyais bien, c'était qu'il me répugnait de charger Brenda. Elle m'inspirait de la sympathie, du fait même qu'elle se trouvait solitaire dans cette maison où tout le monde lui était hostile. Si les lettres existaient, Taverner et ses sbires finiraient bien par mettre la main dessus. Je n'avais pas à les alerter. Brenda, d'ailleurs, m'avait assuré qu'il n'y avait rien entre Laurence Brown et elle, et j'étais plus porté à la croire qu'à faire confiance à ce petit démon de Joséphine. Brenda elle-même ne m'avait-elle pas dit que l'enfant n'avait pas « toute sa tête » ? Une affirmation, il est vrai, qui me laissait sceptique quand je songeais au regard intelligent de Joséphine.

Je téléphonai à Sophia pour lui demander si je pourrais retourner la voir.

— Mais certainement, Charles !

— Comment vont les choses, là-bas ?

— Je n'en sais trop rien. La police continue à fureter partout. Que cherche-t-elle ?

— Pas la moindre idée !

— Nous devenons tous extrêmement nerveux. Venez le plus tôt que vous pourrez ! Je deviendrai folle si je ne parle pas à quelqu'un !

Je me rendis à « Three Gables » en taxi. La grande porte était ouverte. Devais-je sonner ou entrer directement ? J'hésitais, quand j'entendis derrière moi un bruit léger qui me fit brusquement tourner la tête. J'aperçus Joséphine qui m'observait, debout près d'une haie de lauriers. Son visage était à demi caché par une énorme pomme. Je l'appelai.

— Bonjour, Joséphine !

Elle ne me répondit pas et disparut derrière la haie. Traversant l'allée, je me lançai à sa poursuite. Je la trouvai, assise sur un banc rustique fort inconfortable, auprès d'un bassin où nageaient des poissons rouges. Je ne voyais guère que ses yeux. Ils me regardaient avec une hostilité évidente.

— Me voici revenu ! dis-je.

L'entrée en matière n'était pas fameuse, mais le silence de Joséphine et son attitude fermée me gênaient. Fine mouche, elle ne me répondit pas.

— Elle est bonne, cette pomme ? demandai-je.
Cette fois, Joséphine condescendit à me répondre. Elle se contenta d'un mot.
— Cotonneuse.
— Dommage ! dis-je. Je n'aime pas les pommes cotonneuses.
Elle dit, d'un petit ton méprisant :
— Personne ne les aime !
— Pourquoi ne m'avez-vous pas répondu quand je vous ai dit bonjour ?
— Ça ne me disait rien !
— Pourquoi donc ?
Afin d'articuler plus clairement, Joséphine finit sa bouchée avant de parler.
— Parce que, dit-elle enfin, vous êtes allé cafarder à la police.
J'étais plutôt surpris. Elle précisa :
— A propos de l'oncle Roger.
— Mais, Joséphine, tout est pour le mieux ! La police sait maintenant qu'il n'a rien fait de mal, qu'il n'a pas commis la moindre escroquerie...
Elle me considéra d'un œil méprisant.
— Ce que vous pouvez être bête !
— Désolé, Joséphine !
— Je me fiche pas mal de l'oncle Roger ! Si je vous en veux, c'est parce que ce n'est pas du travail de détective ! Vous ne savez donc pas qu'on ne raconte jamais rien à la police avant que tout soit terminé ?
— Je suis navré, Joséphine, vraiment navré.
— Il y a de quoi.
La voix lourde de reproche, elle ajouta :
— J'avais eu confiance en vous...
Une troisième fois, je répétai que j'étais navré. Le regard de Joséphine me parut s'adoucir. Elle donna dans sa pomme un nouveau coup de dents. Je repris :
— De toute façon, la police aurait fini par savoir. Nous ne pouvions pas tenir longtemps la chose secrète.
— Parce qu'il va faire faillite ?
Comme toujours, Joséphine était bien informée.
— Je crois qu'il faudra bien en arriver là.
— Ils doivent parler de ça ce soir, dit Joséphine.

Papa, maman, l'oncle Roger et la tante Edith. La tante est prête à donner tout son argent à Roger. Seulement, elle ne l'a pas encore et, quant à papa, je ne crois pas qu'il marchera. Il dit que si Roger est dans la mélasse, il n'a à s'en prendre qu'à lui-même et que c'est un jeu de dupes que de courir après son argent. Maman, elle, dit comme lui : elle veut que papa garde ses fonds pour Edith Thompson. Au fait, vous la connaissez, l'histoire d'Edith Thompson ? Elle était mariée, mais elle n'aimait pas son mari, parce qu'elle était amoureuse d'un jeune homme qui s'appelait Bywaters qui a fini par tuer le mari en le poignardant dans le dos.

Une fois encore, les connaissances de Joséphine faisaient mon admiration. Elle poursuivit :

— C'est une belle histoire, mais sans doute que la pièce sera toute différente et que les faits seront arrangés comme dans *Jézabel*. Je voudrais quand même bien savoir pourquoi les chiens ne lui ont pas mangé les paumes !

J'esquivai la question.

— Vous m'avez dit, Joséphine, que vous étiez à peu près sûre de connaître le nom du meurtrier ?

— Et alors ?

— L'assassin, qui est-ce ?

Elle me toisa avec dédain.

— Compris ! dis-je. Je devrai attendre le dernier chapitre ! Même si je vous promets de ne rien dire à l'inspecteur Taverner ?

Elle parut s'amadouer.

— Il me manque encore des preuves...

Jetant son trognon de pomme dans le bassin, elle ajouta :

— D'ailleurs, je ne vous dirai rien ! Au mieux, vous n'êtes que Watson !

J'encaissai l'insulte.

— Soit ! dis-je. Je suis Watson. Il était ce qu'il était, mais il avait toujours les données du problème...

— Les quoi ?

— Les données, les faits. Il se trompait dans ses déductions, mais il avait tous les éléments de la solution. Ça ne vous amuserait pas de me voir échafauder des hypothèses qui ne tiendraient pas debout ?

Tentée un instant, elle finit par secouer la tête.

— Non. D'ailleurs, je ne suis pas folle de Sherlock Holmes. Il est terriblement vieux jeu. Il n'avait même pas d'auto !

— A propos, vous ne m'avez rien dit des lettres ?

— Quelles lettres ?

— Celles qu'auraient échangées Laurence Brown et Brenda.

— J'ai tiré ça au clair.

— Je n'en crois rien.

— C'est pourtant vrai !

Je la regardai bien dans les yeux.

— Ecoutez, Joséphine ! Je connais, au British Museum, un monsieur qui sait un tas de choses sur la Bible. Si j'obtiens de lui qu'il me dise pourquoi les chiens n'ont pas dévoré les paumes de Jézabel, me parlerez-vous de ces lettres ?

Cette fois, Joséphine hésita vraiment. Quelque part, pas très loin, une branche morte cassa avec un petit bruit sec.

— Non, dit enfin Joséphine.

J'étais battu. Un peu tardivement, je me rappelai le conseil paternel.

— Je n'insiste pas, déclarai-je. Vous me faites marcher, mais, en réalité, vous ne savez rien !

Joséphine me foudroya du regard, mais ne mordit pas à l'appât. Je me levai.

— Il faut que je me mette à la recherche de Sophia. Venez, Joséphine !

— Je reste ici.

— Certainement pas ! Vous m'accompagnez !

Sans plus de cérémonies, je la forçai à quitter son siège. Surprise, elle protesta, mais moins que je ne le craignais. Elle me suivit finalement d'assez bonne grâce, sans doute parce qu'elle était curieuse de voir les réactions des uns et des autres en ma présence. Pourquoi je tenais à ce qu'elle m'accompagnât, je n'aurais su le dire sur le moment. Je ne m'en avisai qu'en entrant dans la maison.

C'était à cause d'une branche morte qui avait craqué.

## 14

On parlait dans le grand salon. Après une hésitation, je décidai de ne pas entrer et, suivant le couloir, j'allai, cédant à je ne sais quelle impulsion, pousser une porte masquée par une tenture. Elle donnait sur un passage assez sombre, à l'extrémité duquel une autre porte s'ouvrit presque aussitôt, celle d'une cuisine brillamment éclairée. Dans l'encadrement, j'apercevais une femme âgée, assez corpulente, qui portait un tablier éclatant de blancheur. Nannie, évidemment.

Autant que je sache, elle ne m'avait jamais vu. Pourtant, tout de suite elle me dit :

— C'est M. Charles, n'est-ce pas ? Entrez et laissez-moi vous offrir une tasse de thé !

C'était une grande cuisine, où l'on se sentait bien. Je m'assis à l'immense table qui occupait le centre de la pièce et Nannie m'apporta une tasse de thé et deux biscuits sucrés, sur une assiette. J'ai trente-cinq ans, mais, près de Nannie, je me retrouvais un petit garçon de quatre ans. Elle me rassurait. Tout allait bien et je n'avais plus peur du « cabinet noir ».

— Miss Sophia sera contente que vous soyez revenu, me dit-elle. Elle commence à être à bout de nerfs.

Elle ajouta, d'un ton désapprobateur :

— Comme tout le monde ici, d'ailleurs.

Je jetai un coup d'œil par-dessus mon épaule.

— Où est passée Joséphine ? Elle était rentrée avec moi...

Nannie fit la grimace.

— Cette petite ! Tout le temps en train d'écouter aux portes et de gribouiller on ne sait quoi dans ce cahier qui ne la quitte pas ! On aurait dû l'envoyer en classe, où elle aurait joué avec des enfants de son âge. Je l'ai dit à Miss Edith et elle est bien de mon avis. Seulement, le maître n'a pas voulu. Il préférait qu'elle reste ici...

— Il l'aime beaucoup, j'imagine ?

— Il l'aimait bien, monsieur. Il les aimait bien tous.

Je dus avoir l'air un peu surpris. Pourquoi Nannie parlait-elle de Philip à l'imparfait ? Nannie, devinant la cause de mon étonnement, rougit et ajouta vivement :

— Qand j'ai dit le maître, c'est au vieux Mr. Leonidès que je pensais !

Je n'eus pas le temps de répondre. La porte s'ouvrait, livrant passage à Sophia.

— Charles ! vous êtes là ?

Elle se tourna vers Nannie.

— Si tu savais, Nannie, ce que je suis heureuse qu'il soit revenu !

— Je le sais, mon pigeon !

Ayant dit, Nannie rassembla vivement une collection de casseroles et de poêles, qu'elle emporta dans une arrière-cuisine, dont elle referma la porte sur elle. Me levant, j'allai à Sophia et je la pris dans mes bras.

— Ma chérie ! Vous tremblez ! Que se passe-t-il donc ?

— J'ai peur, Charles ! J'ai peur.

— Je vous aime. Si vous voulez partir d'ici...

Elle secoua la tête.

— Impossible, Charles ! Il faut d'abord que nous sachions la vérité ! Jusque-là, je resterai ici. Mais c'est une épreuve terrible, Charles ! Penser qu'il y a dans cette maison quelqu'un, quelqu'un que je vois tous les jours, à qui je parle, qui me sourit peut-être, et qui est le plus froid, le plus calculateur, le plus dangereux des meurtriers...

Que répondre ? Avec une femme telle que Sophia, les banalités rassurantes étaient inutiles. Presque dans un murmure, elle reprit :

— Ce qui m'effraie le plus, c'est qu'il est possible que nous ne sachions jamais...

L'hypothèse n'avait rien d'invraisemblable. Mais elle me remettait en mémoire une question que je m'étais bien promis de poser à Sophia.

— Dites-moi, Sophia ! Combien de personnes, dans cette maison, étaient au courant des gouttes d'ésérine ? Plus exactement, combien étaient-elles à savoir : *primo*, que votre grand-père se soignait les yeux ; *secundo*, que l'ésérine était un poison et, *tertio,* que ce poison, à une certaine dose, pouvait être mortel ?

— Je vois où vous voulez en venir, Charles, mais ça ne peut rien vous donner. Au courant, nous l'étions tous !

— Je vous l'accorde, mais...

— Tous, et plus que vous ne pensez, j'en suis sûre ! Un jour, après le déjeuner, nous prenions le café avec grand-père. Depuis longtemps ses yeux le tourmentaient et Brenda, ainsi qu'elle avait l'habitude de le faire, lui mit dans chaque œil une goutte d'ésérine. Joséphine, qui à propos de tout a toujours une question à poser, demanda ce que voulaient dire les inscriptions qu'on lisait sur le flacon : « *Collyre. Usage externe.* » On le lui expliqua. « Alors, dit-elle, qu'est-ce qui se passerait si on « buvait toute la bouteille ? » Ce fut grand-père lui-même qui, souriant, répondit : « Si Brenda se trompait et si, par erreur, au lieu de me faire une piqûre d'insuline, elle m'injectait quelques-unes de ces maudites gouttes, il est probable que le souffle me manquerait, que mon visage deviendrait tout bleu et que je mourrais, parce que, voyez-vous, je n'ai plus le cœur très solide ! » Joséphine a fait : « Oh ! » et grand-père, toujours souriant, a ajouté : « De sorte qu'il faut que nous fassions tous bien attention à ce que Brenda ne confonde jamais l'ésérine avec l'insuline. C'est bien votre avis ? »

Après un silence de quelques secondes, Sophia conclut :

— Cela nous l'avons tous entendu ! Convenez que je n'exagère pas quand je dis que nous savions tous à quoi nous en tenir sur l'ésérine !

On ne pouvait guère prétendre le contraire. Je m'étais figuré qu'il avait fallu avoir quelques vagues notions de médecine pour empoisonner le vieux Leonidès. Je me trompais. Il avait lui-même pris soin d'expliquer comment il fallait s'y prendre pour se débarrasser de lui. Il avait, en fait, mâché la besogne à son assassin. Sophia devina le cours de mes pensées. Elle dit :

— Horrible, hein ?

— Une chose me frappe, dis-je.

— Et laquelle ?

— C'est que Brenda ne peut être l'assassin. Après la scène que vous venez de me décrire, elle ne pouvait pas tuer en employant ce moyen-là ! Vos souvenirs le lui défendaient.

— Est-ce bien sûr ? Elle est plutôt sotte, vous savez !

— J'en suis moins persuadé que vous. Plus j'y songe, plus je suis convaincu qu'elle n'est pas coupable !

Sophia s'écarta de moi.

— Vous ne voulez pas qu'elle le soit, n'est-ce pas ?

Je restai muet. Je ne pouvais tout de même pas lui répondre : « Si ! J'espère que c'est Brenda qui a tué votre grand-père. »

Pourquoi je ne le pouvais pas ? Je ne le sais pas trop. Parce qu'elle était toute seule, avec tous les autres contre elle ? Peut-être. Parce qu'il est naturel qu'on prenne la défense du plus faible et du plus désarmé ? C'est possible. Ce que je sais, c'est que je vis avec un certain plaisir Nannie sortir de son arrière-cuisine. Elle arrivait à propos. S'aperçut-elle que, Sophia et moi, nous n'étions pas d'accord ? Probablement, car elle dit, sur le ton d'une nourrice morigénant son poupon :

— Ne parlez donc pas d'assassinats et de choses comme ça ! Laissez-ça tranquille, c'est ce que vous avez de mieux à faire. Les policiers sont là pour s'occuper de ça ! C'est un vilain travail et vous n'avez pas à le faire !

— Mais, Nannie, tu ne comprends donc pas qu'il y a un meurtrier dans cette maison ?

— Vous dites des bêtises, miss Sophia ! Ici, on ne ferme rien ! Toutes les portes sont ouvertes. Comme si on demandait aux voleurs et aux assassins de bien vouloir prendre la peine d'entrer !

— Il ne peut pas s'agir d'un cambrioleur, puisqu'on n'a rien volé. D'ailleurs, pourquoi un cambrioleur aurait-il empoisonné quelqu'un ?

— Je n'ai pas dit qu'il s'agissait d'un cambrioleur, miss Sophia. J'ai simplement dit que toutes les portes étaient toujours ouvertes et que n'importe qui pouvait entrer ici. Si vous voulez mon sentiment, les coupables, c'est les communistes !

Nannie paraissait très satisfaite d'avoir trouvé ça.

— Les communistes ? Pourquoi auraient-ils voulu supprimer grand-père ?

— Tout le monde sait qu'ils sont toujours prêts à faire le mal ! S'ils n'ont pas fait le coup, ce qui est après tout possible, il faut chercher du côté des catholiques !

Sur quoi, Nannie, estimant sans doute que tout était dit, pivota sur ses talons et disparut de nouveau dans son arrière-cuisine. Sophia éclata de rire. Moi également.

— Une bonne protestante ! dis-je.

— N'est-ce pas ?

Changeant de ton, la voix plus grave, Sophia ajouta :

— Si nous allions au salon, Charles ? On y tient une sorte de conseil de famille. Il était prévu pour ce soir, mais il a commencé plus tôt qu'on ne pensait.

— Je ne voudrais pas avoir l'air d'un intrus, Sophia.

— Si vous devez vous marier dans la famille, il n'est pas mauvais que vous sachiez à quoi elle ressemble quand elle laisse les périphrases de côté !

— De quoi s'agit-il ?

— Des affaires de Roger. Vous vous êtes, je crois, déjà occupé d'elles. Seulement, il faut que vous soyez fou pour être allé vous imaginer que Roger aurait pu tuer grand-père. Roger l'adorait !

— A vrai dire, je ne l'ai jamais soupçonné, lui. J'ai pensé que Clemency pourrait bien être coupable...

— Et, là encore vous vous êtes trompé ! Que Roger perde sa fortune, Clemency n'y voit aucun inconvénient ! Au contraire ! C'est une femme qui est heureuse quand tout lui manque ! C'est curieux, mais c'est comme ça ! Venez !

Les voix cessèrent subitement quand Sophia et moi nous entrâmes dans le salon. Tous les yeux nous regardaient.

Ils étaient tous là. Philip, carré dans un grand fauteuil rouge placé entre les deux fenêtres, faisait songer à un juge sur le point de prononcer son verdict. Son beau visage était d'une impassibilité glaciale. Roger était assis de guingois sur un gros pouf, à côté de la cheminée, la chevelure ébouriffée et la cravate de travers. Malgré cela, il paraissait très en forme. Clemency était derrière lui, sa mince silhouette perdue dans un immense fauteuil. Elle semblait lointaine, indifférente à ce qui pouvait se dire autour d'elle. Edith occupait le siège du grand-père. Le buste très droit, les lèvres serrées, elle tricotait avec une incroyable énergie. Quant à Magda et Eustace, ils avaient l'air d'une toile de Gainsborough. Intallés côte à côte sur le canapé, ils étaient magnifiques, lui très élégant, avec l'expression de résignation polie d'un gentleman qui s'ennuie avec distinction, elle très duchesse de « Three Gables » dans sa robe de taffetas.

Philip, m'apercevant, fronça le sourcil.

— Sophia, dit-il, nous sommes en train de discuter des affaires de famille, de caractère essentiellement privé.

J'allais battre en retraite, avec une phrase d'excuses, mais Sophia riposta d'une voix très assurée :

— Charles et moi, nous espérons nous marier. Je tiens à ce qu'il assiste à la conversation.

— Et pourquoi pas ? s'écria Roger avec feu. Je me tue à te répéter, Philip, qu'il n'y a rien de confidentiel dans tout ça ! Demain ou après-demain, le monde entier sera au courant.

Quittant son pouf, il était venu à moi. Me posant la main sur l'épaule, il ajouta, cordial :

— Au surplus, mon cher garçon, vous savez tout, puisque vous étiez présent à l'entretien de ce matin !

— Comment ? dit Philip.

Presque aussitôt, il comprit.

— Ah ! oui, votre père...

Je me rendais fort bien compte qu'on eût souhaité me voir ailleurs, mais Sophia me tenait fermement par le coude et je ne refusai pas la chaise que Clemency m'indiquait du geste. Miss de Haviland, cependant, reprenait la discussion au point où elle avait été interrompue.

— Vous direz ce que vous voudrez, je persiste à croire, quant à moi, que nous devons respecter les volontés dont nous ne pouvons contester qu'elles étaient celles d'Aristide. Pour ma part, dès que nous en aurons fini avec cette histoire, je mets tout ce que je posséderai à la disposition de Roger !

Roger fourrageait dans ses cheveux avec rage.

— Non, tante Edith, non !

— Pour moi, dit Philip, j'aimerais faire de même, mais j'ai à tenir compte de certaines considérations qui...

Roger ne le laissa pas finir.

— Mais, mon vieux Philip, tu ne comprends donc pas que je ne veux pas recevoir un sou de personne ?

— Il ne peut pas ! ajouta Clemency.

— De toute façon, fit observer Magda, si le testament est reconnu valable, il aura sa part !

— Il sera trop tard, dit Eustace.

— Est-ce qu'on sait ? lança Philip.

— On le sait fort bien ! s'écria Roger. Je l'ai dit, je le répète, on ne peut pas éviter le krach ! Ça n'a plus d'ailleurs la moindre importance.

Philip répliqua d'un ton sec :

— J'aurais cru le contraire !

Roger se tourna vers lui.

— Maintenant que papa est mort, qu'est-ce que ça peut bien faire ? Papa est mort et nous sommes là à discuter de questions d'argent !

Les joues de Philip se teintèrent de rose.

— Il s'agit seulement de te venir en aide !

— Mais je le sais, mon vieux Phil ! Seulement, il n'y a rien à faire. Disons que c'est fini et n'en parlons plus !

— Il me semble, reprit Philip, que je pourrais réunir une certaine somme. Les valeurs ont sérieusement baissé et mes capitaux sont en grande partie immobilisés, mais...

Magda intervint :

— Mais bien sûr, chéri, on sait que tu ne peux pas tout sacrifier pour te procurer de l'argent liquide. Il serait même absurde d'essayer et tu dois penser aux enfants !

— Je vous répète que je ne demande rien à personne ! cria Roger. Je m'égosille à vous le dire. Que les choses suivent leur cours, je n'en demande pas plus !

— Le prestige de la famille est un cas, dit Philip. Celui de notre père, le nôtre...

— Il ne s'agissait pas d'une affaire de famille. L'entreprise était à moi, à moi seul.

Philip regarda son frère bien en face.

— A toi seul, c'est exact.

Edith de Haviland se leva.

— J'estime, dit-elle, que cette discussion a assez duré.

Elle avait parlé avec une autorité impressionnante. Philip et Magda s'arrachèrent à leur siège. Eustace quitta la pièce en tirant la jambe. Roger passa son bras sous celui de Philip en disant :

— Il faut que tu sois cinglé, Phil, pour avoir cru que j'irais te demander de me dépanner !

Les deux frères sortirent ensemble, suivis de Magda et de Sophia, qui disait avoir à se préoccuper de ma chambre. Edith de Haviland roulait son ouvrage. Elle me regarda et je crus qu'elle allait me parler. Mais, changeant d'avis probablement, elle se retira sans un mot.

Clemency était debout près de la fenêtre, les yeux sur le jardin. J'allai près d'elle. Elle tourna la tête vers moi.

— Dieu merci ! dit-elle, c'est fini !

Les narines pincées, elle ajouta :

— Que cette pièce peut être bête !

— Elle ne vous plaît pas ?

— J'y respire mal. Elle sent la poussière et les fleurs mortes.

Elle était injuste, mais je comprenais ce qu'elle voulait dire. Ce salon avait quelque chose de trop féminin, de trop douillet. C'était un de ces endroits où un homme ne peut pas être heureux longtemps. Impossible, dans un tel cadre, de lire le journal en fumant sa pipe, les pieds sur un fauteuil. Malgré ça, ayant toujours préféré un boudoir à un champ de manœuvres, j'aimais encore mieux cette pièce que, dans l'appartement du dessus, celle où Clemency m'avait reçu.

— En réalité, reprit-elle, c'est un décor adapté au personnage de Magda.

Son regard, qui avait fait le tour du salon, chercha le mien.

— Vous vous rendez compte de ce que nous venons de jouer ? C'est le deuxième acte, le conseil de famille. L'idée était de Magda... et elle ne rimait à rien. Il n'y avait rien à discuter. L'affaire, en effet, est réglée. Complètement.

Il n'y avait dans la voix aucune tristesse, Une certaine

satisfaction, plutôt. Devinant mon étonnement, elle poursuivit :

— Vous ne comprenez donc pas ?... Nous sommes libres ! Enfin ! Pendant des années, Roger a été malheureux, vraiment malheureux. Il n'a jamais été fait pour les affaires. Il aime les chevaux, les arbres, la campagne. Mais, comme tous, il adorait son père... C'est ce qui fait le malheur de cette maison ! Mon beau-père n'était pas un tyran, il n'imposait pas ses volontés, il ne bousculait jamais personne ! Il adorait les siens et il a tout fait pour qu'ils fussent riches et indépendants. Il les aimait et ils l'aimaient.

— Et vous trouvez ça mal ?

— Dans une certaine mesure, oui. Quand vos enfants sont grands, j'estime que vous devez vous éloigner, vous effacer, les obliger à vous oublier.

— *Les obliger !* Mais, qu'elle s'exerce dans un sens ou dans l'autre, la contrainte est toujours la contrainte !

— S'il ne s'était pas composé une personnalité si...

— On ne se compose pas une personnalité, dis-je. On l'a ou on ne l'a pas.

— Il en avait trop pour Roger, répliqua-t-elle. Roger vénérait le vieil homme et n'avait d'autre ambition que de faire ce que souhaitait son père. Il n'a pas pu. L'Associated Catering, c'était la joie et l'orgueil de mon beau-père. Il l'a donnée à Roger, qui, placé à la tête de l'entreprise, s'est efforcé de s'y montrer digne de sa confiance. Malheureusement, il n'en avait pas le pouvoir. En matière d'affaires, Roger, il faut bien le dire, est un incapable. Il le sait et c'est ce qui l'a rendu malheureux pendant toutes ces années durant lesquelles il a vu sa société dégringoler, en dépit de tous les efforts qu'il a faits, lesquels ont simplement précipité la catastrophe. Aller d'échec en échec pendant si longtemps, c'est terrible. A quel point Roger a été malheureux, vous ne pouvez pas le savoir. Moi, je le sais !

Il y eut un long silence.

— Vous avez cru, reprit-elle, que Roger avait tué son père par cupidité... et vous l'avez même laissé entendre à la police. C'était ridicule, plus encore que vous ne pouvez croire !

Je confessai humblement, que maintenant, je m'en rendais compte.

— Quand Roger a compris que le krach était désormais inévitable et imminent, il a éprouvé comme un sentiment de soulagement. Il était navré, à cause de son père, mais pour le reste, il se sentait délivré. Il ne pensait qu'à ce que serait notre nouvelle existence...

— Où comptiez-vous vous rendre ? demandai-je.

— Aux Barbades. Un lointain cousin à moi est mort là-bas, il y a quelque temps, me laissant une petite propriété. Peu de chose, mais plus qu'il ne nous en fallait. Nous aurions été terriblement pauvres, mais nous aurions lutté et gagné de quoi subsister. Nous n'en souhaitions pas plus. Nous aurions été ensemble... et heureux.

Après un soupir, elle poursuivit :

— Ce qui tracassait Roger, c'était la pensée que ça m'ennuierait d'être pauvre. Une idée ridicule, qui s'explique sans doute par le seul fait qu'il appartient à une famille où l'argent a toujours beaucoup compté. Quand mon premier mari vivait, nous étions pauvres, très pauvres... Roger considère que j'ai accepté cette situation avec beaucoup de courage. Il ne comprend pas que j'étais heureuse, vraiment heureuse ! Heureuse comme je ne l'ai jamais été depuis... Et, pourtant, je n'ai jamais aimé Richard comme j'aime Roger !

Elle ferma les yeux à demi, les rouvrit et, tournée vers moi, ajouta :

— De sorte que, vous voyez, je ne tuerais jamais quelqu'un pour de l'argent. Je n'aime pas l'argent.

Elle disait la vérité, je n'en doutais pas. Elle était de ces gens, très rares, pour qui l'argent demeure sans attraits. Ils abhorrent le luxe et lui préfèrent l'austérité. Seulement, on peut aimer l'argent, non pour lui-même, mais pour la puissance qu'il confère.

— Que vous ne teniez pas à l'argent en soi, dis-je, je le veux bien ! Mais il rend possibles bien des choses intéressantes. Les recherches scientifiques, par exemple...

Je me figurais que Clemency se passionnait pour ces travaux.

— Là-dessus, me répondit-elle, je suis très sceptique. Les fonds des mécènes sont généralement dépensés à tort et à travers. Presque toujours, les résultats qui comptent sont obtenus uniquement avec de l'enthousiasme, de l'intelligence et de l'intuition. Les laboratoires équipés à grands frais rendent moins de services qu'on imagine. Souvent, parce qu'ils sont en mauvaises mains...

— Regretterez-vous d'abandonner votre travail quand vous irez aux Barbades ? demandai-je. Vous partez toujours, je pense ?

— Oh ! certainement. Dès que la police nous le permettra... Je m'en irai sans regrets. Pourquoi en aurais-je ? J'aurai tant à faire là-bas !

Une nuance d'impatience dans la voix, elle ajouta :

— Si seulement nous pouvions partir bientôt !

Un silence suivit. Je repris :

— Que vous ne soyez pour rien dans l'assassinat, Roger et vous, je l'admets d'autant plus volontiers que je ne vois pas ce qu'il aurait pu vous rapporter, mais, cela dit, je vous crois trop intelligente pour ne pas avoir une idée sur le crime. Est-ce que je me trompe ?

Après m'avoir considéré longuement, d'un curieux regard de côté, elle répondit d'une voix qui avait perdu toute spontanéité, une voix étrange et embarrassée :

— Il est antiscientifique de deviner. Tout ce qu'on peut dire, c'est que Brenda et Laurence sont les suspects les plus indiqués.

— Vous les soupçonnez donc ?

Clemency haussa les épaules. Un instant encore, elle resta là, comme tendant l'oreille, puis elle sortit d'un pas rapide. A la porte, elle croisa Edith de Haviland, qui vint directement à moi.

— Je voudrais vous parler.

Je songeai à ce que m'avait dit mon père. Elle poursuivait :

— J'espère que cette réunion ne vous a pas conduit à des conclusions erronées. C'est à Philip que je pense. Il est assez difficile à comprendre. Il peut vous avoir paru réservé et froid, mais il n'est pas comme ça du tout. Il donne cette impression-là, voilà tout ! Il n'y peut rien.

Je commençai une phrase, mais elle ne me laissa pas le temps de continuer.

— Il ne faut pas croire qu'il n'a pas de cœur. Il a toujours été très large et c'est un être délicieux. Seulement, il faut le comprendre.

Mon attitude, je l'espère, donnait clairement à entendre que je ne demandais que ça.

— Il est venu le second, reprit-elle, et les cadets partent souvent avec un handicap. Il adorait son père. Tous ses enfants adoraient Aristide et il les adorait. Mais Roger était l'aîné, le premier, de sorte qu'il bénéficiait peut-être d'une petite préférence. Je crois que Philip l'a senti. Il s'est replié sur lui-même, plongé dans les livres, dans les choses du passé, dans tout ce qui l'éloignait de la vie de tous les jours. Il a dû souffrir. Les enfants peuvent souffrir.

Elle se tut quelques secondes.

— En réalité, j'ai idée que, sans le savoir, il a toujours été jaloux de Roger et je pense qu'il est possible que, sans d'ailleurs qu'il s'en rende compte, l'échec de Roger lui fasse moins de peine qu'il ne devrait.

— Il serait plutôt content de la situation dans laquelle Roger s'est mis ? C'est bien ce que vous voulez dire ?

— Exactement.

Fronçant le sourcil, elle ajouta :

— J'ai été navrée qu'il n'ait pas tout de suite offert de venir au secours de son frère !

— Pourquoi l'aurait-il fait ? répliquai-je. Roger est responsable du gâchis, c'est un homme et il n'y a pas d'enfants à considérer. S'il était malade ou vraiment dans le besoin, sa famille lui viendrait en aide, mais je suis persuadé que, dans les circonstances présentes, il préfère prendre un nouveau départ tout seul et par ses propres moyens.

— Oh ! je n'en doute pas. Il ne pense qu'à Clemency, et Clemency est une créature d'exception, qui n'aime pas le confort et qui boit aussi bien son thé dans un bol que dans une jolie tasse. Elle est *moderne,* j'imagine. Elle n'a ni le sens du passé ni celui de la beauté !

Il y eut un silence, durant lequel la vieille demoiselle m'examina des pieds à la tête.

— Toute cette affaire, reprit-elle, me navre pour Sophia. Elle est si jeune, si innocente ! Je les aime tous vous savez ? Roger, Philip, et aujourd'hui Sophia, Eustace et Joséphine, ce sont tous les enfants de Marcia ! Je les aime tous ! Enormément !

Elle ajouta, vivement :

— Mais attention, pas jusqu'à les idolâtrer !

Sur quoi, elle me tourna le dos et sortit. Je me demandai ce qu'elle avait bien voulu dire par ces derniers mots, auxquels il m'était difficile de donner un sens.

## 15

— Votre chambre est prête !

Sophia était debout près de moi. Par la fenêtre, je regardais le jardin, morne et gris, avec ses arbres à demi effeuillés qui se balançaient dans le vent. Elle fit écho à mes pensées.

— Un triste paysage !

Grises, elles aussi, et comme immatérielles dans la lumière déclinante du jour, deux silhouettes passèrent, venant toutes deux du jardin de rocailles qui se trouvait au-delà de la haie de lauriers.

La première était celle de Brenda. Enveloppée dans un manteau de chinchilla, elle avait quelque chose de furtif, une grâce quasi aérienne et comme irréelle. Un instant, j'entrevis le visage de la jeune femme. J'y retrouvai le demi-sourire que je connaissais déjà.

La seconde, qui ne parut que quelques instants plus tard, était celle de Laurence Brown, frêle et toute menue. Elle s'évanouit dans le crépuscule. Impossible d'exprimer ça autrement. Je n'avais pas l'impression d'avoir vu deux personnes qui étaient allées se promener, mais des êtres qui n'étaient pas de chair et de sang, des fantômes.

Je me demandai si ce n'était pas sous le pied de Brenda ou sous celui de Laurence qu'une branche morte avait craqué et, par une association d'idées très naturelle, je m'enquis de Joséphine.

— Où est-elle ?

— Probablement en haut, avec Eustace, dans la salle de classe.

L'air soucieux, Sophia ajouta :

— Eustace m'inquiète.

— Pourquoi ?

— Il est bizarre, lunatique. Sa maladie l'a tellement changé ! Je ne sais pas ce qu'il peut avoir en tête et, parfois, j'ai l'impression qu'il nous déteste tous !

— L'âge ingrat, sans doute. Ça passera !

— Je l'espère. Mais je suis quand même terriblement ennuyée !

— Pourquoi donc, chérie ?

— Je ne sais pas. Sans doute parce que papa et maman ne se font jamais de souci. On ne croirait pas qu'ils ont des enfants !

— C'est peut-être tant mieux ! Les enfants dont on s'occupe trop sont généralement bien plus à plaindre que ceux qu'on laisse tranquilles.

— Je ne m'en suis aperçue qu'en rentrant d'Egypte, mais ils forment un couple bien singulier. Papa s'enfermant résolument dans un monde qui n'est plus et Maman passant son temps à vivre des rôles. La farce de cet après-midi, c'est tout elle ! Elle ne s'imposait nullement, mais Maman voulait jouer la scène du conseil de famille. Ici, vous comprenez, elle s'ennuie à mourir. Alors elle monte des drames !

Une seconde, j'imaginai la mère de Sophia empoisonnant allégrement son vieux beau-père, à seule fin de se régaler d'une tragédie dont elle interpréterait le rôle principal. L'idée m'amusa et, naturellement, je ne la retins pas. Elle me laissait toutefois une impression pénible. Sophia reprit :

— Maman, il ne faut jamais cesser de la surveiller ! On ne sait jamais ce qu'elle va imaginer !

— Oubliez donc votre famille, Sophia ! dis-je d'un ton ferme.

— J'en serais ravie, mais c'est assez difficile ne ce moment. J'étais si heureuse au Caire, justement parce que je l'avais oubliée !

Je me souvins qu'en Egypte jamais Sophia ne m'avait parlé des siens.

— C'est pour cela, demandai-je, que vous ne m'aviez jamais rien dit de vos parents ? Vous préfériez ne pas songer à eux ?

— Je le crois. Nous avons toujours trop vécu les uns sur les autres. La vérité, c'est que... nous nous aimons trop ! Nous ne sommes pas comme ces familles où tout le monde se déteste. Evidemment, ça ne doit pas être drôle ! Mais, s'aimer comme nous le faisons, ce ne l'est guère plus. Ici, personne n'a jamais été indépendant, seul, délivré des autres !

La porte s'ouvrit brusquement.

— Mais, mes petits, pourquoi n'allumez-vous pas l'électricité ? Il fait presque noir.

C'était Magda. Elle tourna les commutateurs et des flots de lumière inondèrent la pièce. Elle se jeta sur le divan.

— Quelle scène incroyable nous avons joué, n'est-ce pas ? Eustace est furieux. Il m'a dit que tout cela était positivement indécent. C'est son mot ! Les enfants sont comiques !

Elle poussa un soupir et « enchaîna » :

— Roger est un amour. Je le trouve adorable quand il se décoiffe d'une main rageuse, avant de foncer comme un sanglier ! J'estime que c'est très bien de la part d'Edith de lui avoir offert sa part d'héritage. Elle était sincère, vous savez ? Ce n'était pas seulement un geste. C'était stupide, d'ailleurs, car Philip aurait pu penser qu'il devait en faire autant ! Mais, pour la famille, Edith ferait n'importe quoi. A mon sentiment, il y a quelque chose d'émouvant dans cet amour d'une vieille fille pour les enfants de sa sœur. Il faudra qu'un jour je joue un personnage de ce genre-là. Une vieille tante célibataire, qui fourre son nez partout, têtue, mais bonne et le cœur débordant d'amour...

Soucieux de ne pas laisser la conversation s'égarer, j'intervins.

— Après la mort de sa sœur, elle a dû connaître des jours fort pénibles. Etant donné qu'elle détestait son beau-frère...

Magda ne me laissa pas poursuivre.

— Qu'est-ce que vous dites ? Où avez-vous pris ça ? Elle était amoureuse de lui !

— Maman !

— N'essaie pas de me contredire, Sophia ! Bien sûr, à ton âge, on s'imagine que l'amour est exclusivement réservé aux beaux jeunes gens qui s'en vont rêver à deux au clair de lune !

— Mais, dis-je, c'est elle-même qui m'a déclaré qu'elle l'avait toujours détesté.

— C'était peut-être vrai quand elle est arrivée ici. Elle en avait voulu à sa sœur d'avoir épousé Aristide. Qu'il y ait toujours eu entre elle et lui certains frottements, je le veux bien, mais amoureuse de lui, elle le fut, j'en suis sûre ! Croyez-moi, mes petits, je sais de quoi de parle ! Evidemment, comme elle était la sœur de sa défunte femme, il n'aurait jamais pu l'épouser... et je suis bien persuadée qu'il n'y a jamais pensé. Elle non plus, d'ailleurs. Elle gâtait les enfants, elle se disputait avec lui, ça lui suffisait pour être heureuse. Mais elle n'a pas été contente quand il s'est remarié. Pas du tout, même !

— Vous n'avez pas été ravis non plus, papa et toi ? dit Sophia.

— Bien sûr que non ! Nous avons trouvé ça odieux naturellement ! Mais Edith, c'était bien pis ! Si tu avais vu, ma chérie, la façon dont elle regardait Brenda !

— Voyons, maman !

Magda tourna vers sa fille un regard chargé de tendresse et d'humilité, un regard d'enfant gâté qui a quelque chose à se faire pardonner, puis, sans paraître se rendre compte qu'elle passait à un sujet tout différent, elle reprit :

— J'ai décidé de mettre Joséphine en pension. Il est grand temps.

— En pension ? Joséphine ?

— Oui. En Suisse. Je m'occuperai de ça demain. Je crois qu'il faut que nous nous séparions d'elle au plus tôt. Il est très mauvais pour elle d'être mêlée à cette vilaine affaire. Elle ne pense plus qu'à ça ! Elle a besoin d'avoir de petites camarades de son âge. Il lui faut la vie du pensionnat. J'ai toujours été de cet avis-là.

— Ce n'était pas celui de grand-père !

— Le cher homme voulait nous avoir tous sous les yeux. Les très vieilles gens deviennent quelquefois un peu égoïstes sous certains rapports. Une enfant doit être avec d'autres enfants. Et puis, la Suisse, c'est un pays très salubre ! Les sports d'hiver, le grand air, une nourriture bien meilleure que celle que nous avons ici...

Je me risquai à faire observer qu'un séjour en Suisse poserait peut-être certains problèmes de change, assez difficiles à résoudre. Magda balaya l'objection du geste.

— Du tout, Charles, du tout ! Il y a des accords entre les établissements d'enseignement, on peut prendre un enfant suisse en échange, il y a toutes sortes de moyens... Rudolf Alstir est à Lausanne. Je lui télégraphierai demain. Il s'occupera de tout et elle pourra partir à la fin de la semaine.

Souriante, Magda se leva et se dirigea vers la porte. Avant de sortir, elle se retourna vers nous :

— Il faut d'abord songer aux jeunes !

Elle avait très gentiment donné sa dernière réplique. Elle la compléta :

— Ils passent avant tous les autres ! Pensez, mes chéris, à ce qu'elle va trouver là-bas ! Les fleurs ! Les gentianes toutes bleues, les narcisses...

— En novembre ? dit Sophia.

Magda était déjà sortie. Sophia n'en pouvait plus.

— Maman est vraiment exaspérante ! s'écria-t-elle. Qu'une idée lui vienne, elle s'emballe, lance des centaines de télégrammes et il faut que tout soit fait du jour au lendemain ! Pourquoi est-il tout à coup urgent d'expédier Joséphine en Suisse sans perdre une minute ?

Je fis remarquer à Sophia que l'idée de mettre l'enfant en pension n'était pas si mauvaise et que Joséphine se trouverait sans doute fort bien d'être en contact avec des petites filles de son âge.

Sophia s'entêtait.

— Grand-père n'était pas de cet avis-là !

— Mais croyez-vous, Sophia, qu'un vieux monsieur

de plus de quatre-vingts ans soit très bon juge en la matière ?

— En fait d'éducation, grand-père s'y connaissait aussi bien que n'importe qui dans cette maison !

— Aussi bien que la tante Edith ?

— Je n'irai pas jusque-là et j'admets que tante Edith a toujours dit qu'on devrait envoyer Joséphine en classe. La petite est difficile et elle a l'horrible habitude de fourrer son nez partout... Mais c'est surtout, je pense, parce qu'elle adore jouer au détective.

Etait-ce uniquement pour le bien de Joséphine que sa mère avait brusquement décidé de l'expédier en Suisse ? Je continuai à me le demander. La petite était remarquablement renseignée sur quantité de choses qui s'étaient passées avant le crime et qui, de toute évidence, ne la regardaient pas. La vie de pension ne lui ferait pas de mal, au contraire. Mais était-il vraiment nécessaire de diriger sans délai l'enfant sur un pays aussi éloigné que la Suisse ? J'avais du mal à m'en convaincre.

## 16

Le « pater » m'avait dit : « Fais-les parler ! » Je suivis son conseil. Le lendemain matin, tout en me rasant, j'essayai de voir ce que cela m'avait donné.

Edith de Haviland s'était dérangée tout spécialement pour s'entretenir avec moi. Je pus avoir une conversation avec Clemency et assister en spectateur aux bavardages de Magda. Sophia m'avait parlé, naturellement. Nannie elle-même me fit des confidences. Tout cela m'avait-il appris quelque chose ? Avait-on prononcé devant moi un mot, une phrase qui pût me mettre sur la voie ? Quelqu'un a-t-il affiché cette vanité anormale de l'assassin, sur laquelle mon père avait attiré mon attention ? Je n'en eus pas l'impression.

La seule personne qui montra qu'elle n'avait pas le moindre désir de me parler, et de quoi que ce fût, c'était

Philip. Je trouvais cela singulier. Il devait savoir que j'avais l'intention d'épouser sa fille. Malgré cela, il se comportait comme si je n'avais pas été dans la maison, sans doute parce que ma présence lui était désagréable. Edith de Haviland essaya de l'excuser, en me disant qu'il était « difficile à comprendre ». Elle me laissa deviner que Philip lui causait du souci. Pourquoi ?

Je songeai à lui. L'homme avait été un enfant malheureux, parce que jaloux de son aîné. Il s'était replié sur lui-même, et aujourd'hui, vivait dans ses livres, avec le passé. Sa froideur pouvait fort bien cacher des passions insoupçonnées. Financièrement, il ne gagnait rien à la mort de son père, mais cette observation offrait peu d'intérêt, Philip n'étant manifestement pas de ces gens qui peuvent tuer pour une question d'argent. Seulement, d'autres mobiles, d'ordre purement psychologique ceux-là, pouvaient être envisagés. Philip était venu vivre dans la maison paternelle. Plus tard, au moment du « Blitz »[1], Roger l'y avait rejoint et, jour après jour, Philip fut obligé de constater que le vieil Aristide marquait une préférence pour son fils aîné. Ne pouvait-on supposer qu'il en était venu à penser que cette petite torture quotidienne qui lui était infligée ne cesserait qu'avec la disparition de son père... et que, si le vieux venait à mourir de mort violente, les soupçons porteraient surtout sur Roger, qui avait des ennuis d'argent et se trouvait à deux doigts de la faillite ? Ignorant tout du dernier entretien de Roger avec son père, Philip ne s'était-il pas dit que Roger apparaîtrait tout de suite comme le seul coupable possible ou comme le plus vraisemblable ? Raisonnement hasardeux, mais pouvait-on jurer que Philip soit absolument sain d'esprit ?

Je lâchai un juron : je venais de me taillader le menton d'un coup de rasoir.

Où diable voulais-je donc en venir ? A démontrer que le père de Sophia était un assassin ? Joli travail ! Mais pas celui que Sophia attendait de moi ! A moins que...

(1) La période durant laquelle, pendant la guerre, Londres fut soumise à d'incessants bombardements par les avions allemands.

Mais oui ! En me priant de venir à « Three Gables », elle avait une idée derrière la tête. N'était-ce pas qu'elle nourrissait des soupçons analogues aux miens ? Si je ne me trompais pas, n'expliquaient-ils pas son attitude ? Ayant de tels soupçons en l'esprit, elle n'aurait jamais consenti à m'épouser, dans la crainte qu'un jour vînt où leur bien-fondé ne se trouvât prouvé. Mais, étant Sophia, c'est-à-dire une petite fille à l'âme droite et courageuse, elle voulait la vérité, préférable, quelle qu'elle fût, à cette incertitude qui dressait entre nous une infranchissable barrière. « Prouvez-moi que la chose horrible à laquelle je pense n'est pas vraie... et, si elle est vraie, prouvez-moi qu'elle est vraie, pour que, sachant la tragique vérité, je la regarde bien en face ! » N'était-ce point cela, en fait, qu'elle m'avait dit ?

Edith de Haviland ne croyait-elle pas, elle aussi, à la culpabilité de Philip ?

Et Clemency ? Lorsque je lui demandai si elle soupçonnait quelqu'un, ses yeux n'avaient-ils pas eu une expression bien étrange, tandis qu'elle me répondait : « Tout ce qu'on peut dire, c'est que Brenda et Laurence sont les suspects les plus indiqués » ?

Brenda et Laurence, toute la famille souhaitait qu'ils fussent coupables. Mais sans vraiment croire à leur culpabilité.

Ce qui ne voulait d'ailleurs pas dire qu'ils n'étaient pas coupables.

Laurence pouvait peut-être être le seul assassin ? C'eût été la solution idéale...

Ma toilette terminée, je descendis, bien résolu à avoir le plus tôt possible un entretien avec Laurence Brown.

Ce fut seulement ma deuxième tasse de thé bue que je m'avisai que la maison commençait à agir sur moi comme sur tous ceux qui l'habitaient. Moi aussi, ce que je désirais trouver maintenant, ce n'était plus la vraie solution du problème, mais celle qui m'arrangeait le mieux.

Mon petit déjeuner pris, je montai au premier étage. Sophia m'avait dit que je trouverais Laurence dans la salle de classe, vraisemblablement avec Eustace et Joséphine. Devant la porte de l'appartement de Brenda, j'hésitai. Devais-je sonner ou entrer directement ? Finalement, je décidai de considérer la maison comme un tout et de ne point distinguer entre ses différents quartiers. Je poussai la porte. Le couloir était désert. Aucun signe de vie nulle part. A ma gauche, la porte du salon était fermée. Celles de droite, par contre, étaient ouvertes, sur une chambre à coucher, que je savais avoir été celle d'Aristide Leonidès, et une salle de bains où la police s'était attardée longuement, puisque là étaient rangées les fioles d'insuline et d'ésérine.

Je me glissai dans la salle de bains. Elle était luxueusement aménagée, avec une profusion d'appareils électriques variés, qui eussent fait l'orgueil du plus exigeant des valets de chambre. J'ouvris le vaste placard blanc, encastré dans une des cloisons. Il contenait tout une pharmacie : deux verres gradués, un bain d'œil, des compte-gouttes et quelques fioles étiquetées sur un premier rayon ; la provision d'insuline sur le second, avec deux seringues hypodermiques et un flacon d'alcool chirurgical ; et, sur le troisième, un flacon de somnifère — « une cuillerée ou deux, le soir, selon ordonnance ». C'était vraisemblablement sur ce dernier rayon qu'on rangeait l'ésérine. Tout était bien en ordre. On devait incontestablement trouver tout de suite dans ce placard ce qu'il fallait pour se soigner... ou pour tuer... Nul ne m'avait vu entrer, j'aurais pu en toute tranquillité substituer un flacon à un autre, puis me retirer, personne n'aurait jamais su que j'étais venu dans la salle de bains. Cette constatation ne m'apprenait rien, mais elle me faisait mieux comprendre combien difficile était la tâche des policiers qui enquêtaient sur la mort du vieux Leonidès.

On n'arriverait à la solution qu'en obtenant du coupable — ou des coupables — les éléments qui permettraient de débrouiller l'énigme.

« Il ne faut pas *leur* laisser de répit, m'avait dit Taverner. Il faut être tout le temps sur leur dos et leur laisser croire que nous sommes sur la bonne piste ! Montrons-nous ! Tôt ou tard, l'assassin se sentira moins tranquille, il se croira dans l'obligation de faire quelque chose... et il commettra la gaffe qui le fera pincer ! »

Taverner avait peut-être raison, mais jusqu'à présent le coupable ne bougeait pas.

Je quittai la salle de bains. Le couloir était toujours vide. Je le suivis, passant, sur ma gauche, devant la salle à manger, dont la porte était fermée, et, sur ma droite, devant la chambre à coucher et la salle de bains de Brenda. Dans cette dernière pièce, une femme de chambre travaillait. D'une autre pièce, qui se trouvait au-delà de la salle à manger, j'entendis la voix d'Edith de Haviland, qui téléphonait à l'inévitable poissonnier. Un escalier en colimaçon montait à l'étage supérieur. Il y avait à cet étage, je le savais, la chambre à coucher d'Edith, son salon, deux salles de bains encore et la chambre de Laurence. Au bout du couloir, on descendait quelques marches pour gagner une grande pièce, prise sur les communs qui se trouvaient sur le derrière de la maison, la salle de classe.

Devant la porte, je m'arrêtai, tendant l'oreille : Laurence parlait, faisant à ses élèves un cours sur le Directoire.

Je découvris avec surprise, au bout d'un instant, que Laurence Brown était un merveilleux professeur. La chose n'aurait pas dû m'étonner. Aristide Leonidès savait choisir ses hommes. Laurence ne payait pas de mine, mais il était de ces maîtres qui ont le don d'éveiller l'imagination de leurs élèves et de les intéresser. Son exposé, alerte et vivant, évoquait avec une vérité saisissante les grandes figures de l'époque : le fastueux Barras, l'astucieux Fouché et ce petit officier d'artillerie, maigre et mal nourri, qui n'était autre que Bonaparte.

Laurence, son cours terminé, posa quelques questions à Eustace et à Joséphine. De celle-ci, dont la voix me parut enchiffrenée, il ne tira pas grand-chose. Eustace, par contre, se montra dans ses réponses intelligent et, me sembla-t-il, doué d'un sens de l'histoire qu'il tenait vraisemblablement de son père.

Il y eut ensuite un bruit de chaises repoussées, qui me décida à battre vivement en retraite. Quand la porte s'ouvrit devant Eustace et Joséphine, j'étais sur la plus haute marche du petit escalier, abordant la descente. Joséphine me gratifia d'un rapide bonjour et passa.

Eustace, apparemment surpris de me voir, me demanda poliment si je voulais quelque chose. Je répondis, avec peut-être un certain embarras, que je désirais voir la salle de classe.

— Je croyais que vous l'aviez vue déjà ! me répondit-il. Elle n'a rien de bien intéressant ! Autrefois, c'était la « nursery » ! Il y a encore des jouets à moi.

Il me tint ouvert le battant de la porte et j'entrai. Laurence Brown, debout près de sa table, leva la tête, rougit en m'apercevant, murmura quelques mots inaudibles en réponse à mon bonjour et sortit précipitamment.

— Vous lui avez fait peur ! me dit Eustace. Il n'en faut pas beaucoup pour le mettre en fuite !

— Un type sympathique ? demandai-je.

— Il n'y a rien à dire ! Une moule, bien sûr !

— Mais un bon professeur ?

— On ne peut pas dire le contraire. Il est intéressant. Il sait un tas de choses et il vous ouvre toutes sortes de perspectives. Je ne savais pas que Henri VIII avait fait des vers, dédiés à Anne de Boleyn, bien entendu... et pas plus mauvais que bien d'autres.

Nous parlâmes pendant quelques instants de sujets tels que la marine d'autrefois, Chaucer, les causes politiques des Croisades, la vie au Moyen Age et, enfin, l'interdiction de la célébration de la fête de Noël, interdiction ordonnée par Cromwell et que le jeune Eustace trouvait inadmissible et odieuse. La conversation me révélait un Eustace à l'esprit curieux et intelligent, que je ne connaissais pas encore. Je ne tardai pas à comprendre pourquoi il était à l'ordinaire de caractère assez sombre. Sa maladie n'avait pas seulement été pour lui une douloureuse épreuve, elle le privait aussi de toutes sortes de satisfactions, au moment même où il découvrait quelques-unes des joies de l'existence.

— Je devais, à la rentrée, faire partie du « onze » et j'aurais fait les championnats de football. Au lieu de ça, il a fallu que je reste ici... et je suis en classe avec Joséphine ! Une gosse de douze ans ! Vous vous rendez compte ?

— Oui, mais vos cours ne sont pas les mêmes !

— Non, bien sûr ! Elle ne fait pas de math et pas de latin. Mais partager son prof' avec une fille, c'est moche !

Il était blessé dans son orgueil de garçon. A tout hasard, je me risquai à lui faire remarquer que Joséphine paraissait une petite fille très intelligente pour son âge.

— Vous trouvez ? Eh bien, pas moi ! Elle est idiote. Les histoires de détectives l'ont rendue complètement folle ! Elle fouine partout, elle gribouille des inepties dans son petit cahier noir et elle prétend avoir découvert des tas de choses. C'est une sotte ! Un point, c'est tout !

Après un court silence, il ajouta :

— D'ailleurs, les filles ne peuvent pas faire de bons détectives ! Je lui ai dit et je trouve que Maman a rudement raison de l'expédier en Suisse. Plus tôt elle y sera, mieux ce sera !

— Elle ne vous manquera pas ?

Il eut un petit rire méprisant.

— Une môme de cet âge-là ? Vous ne voudriez pas ! Ce sera toujours un commencement. Parce que, pour tenir le coup ici, il faut être solide ! Maman fait la navette entre la maison et Londres, où elle va asticoter de malheureux auteurs dramatiques pour qu'ils lui écrivent des rôles, et elle passe son temps à faire des histoires à n'en plus finir avec rien du tout. Papa s'enferme avec ses bouquins et ne vous entend même pas quand vous lui parlez. Il a fallu que je tombe sur des parents comme ça ! En plus, parce que ce n'est pas tout, il y a l'oncle Roger toujours si gai qu'on en a le frisson, tante Clemency, qui vous fiche la paix, mais qui pourrait bien être un peu cinglée, et tante Edith, qui n'est pas mal, mais bien vieille ! Les choses se sont un peu améliorées avec le retour de Sophia, mais il y a des moments où elle est plutôt mauvaise. Au total, ça fait une drôle de maisonnée ! Vous n'êtes pas de cet avis-là ? Vous vous rendez compte que ma grand-mère — c'est la femme de mon grand-père que je veux dire — est tout juste assez vieille pour être ma sœur aînée ? Rien de tel pour vous donner le sentiment que vous êtes un parfait imbécile !

Je le comprenais assez bien. A l'âge d'Eustace, j'étais, moi aussi, d'une sensibilité excessive. L'idée que je pouvais ne pas être « comme tout le monde » me donnait des sueurs froides.

— Au fait, dis-je, votre grand-père, vous l'aimiez ?

Eustace plissa le front.

— Grand-père était antisocial.

— Un grand mot ! Que voulez-vous dire par là ?

— Grand-père ne songeait qu'au profit, à l'intérêt. Laurence déclare que c'est un tort. Grand-père était un grand individualiste. Ces gens-là doivent disparaître.

— C'est bien ce qu'il a fait !

— C'est une bonne chose ! Je ne voudrais pas avoir l'air insensible, mais, à cet âge-là, on ne peut vraiment plus jouir de la vie !

— En êtes-vous sûr ?

— En tout cas, il était temps qu'il s'en aille ! Il...

Son professeur revenant dans la pièce, Eustace s'interrompit brusquement. Laurence Brown se mit à déplacer quelques livres sur la table, mais j'eus l'impression qu'il me guettait du coin de l'œil. Il regarda l'heure à sa montre-bracelet.

— Eustace, dit-il, voudriez-vous être de retour ici à onze heures juste ? Nous n'avons perdu que trop de temps, ces jours derniers.

— Bien, monsieur.

Eustace quitta la salle de classe en sifflant. Laurence continua ses inutiles rangements, tout en me jetant des regards à la dérobée. De temps en temps, il se passait la langue sur les lèvres. Je ne doutais pas qu'il ne fût revenu uniquement afin de me parler. Finalement, cessant sa petite comédie, il se décida, engagea la conversation par une question que je n'attendais guère.

— Alors... où en sont-ils ?

— Qui ?

— Les policiers ?

Je le regardai. Avec son petit nez pointu, il me faisait penser à une souris. A une souris prise au piège, même.

— Ils ne m'honorent pas de leurs confidences, dis-je.

— Ah ?... Je croyais que votre père était un haut fonctionnaire de la police.

— C'est exact, mais il n'a pas pour habitude de colporter les informations qui doivent demeurer secrètes.

J'avais pris soin de dire cela d'un ton solennel, dont je m'amusais intérieurement.

— De sorte que vous ne savez pas si...

Les mots lui manquaient. Renonçant à finir sa phrase, il dit d'un trait :

— Envisagent-ils une arrestation ?

— Autant que je sache, non. Mais, comme je vous le disais, je ne suis pas au courant.

Je pensai aux paroles de l'inspecteur Taverner : « Montrons-nous ! Tôt ou tard, l'assassin se sentira moins tranquille ! » Incontestablement, Laurence Brown ne se sentait pas tranquille.

— Vous ne pouvez pas savoir ce que c'est ! reprit-il. La tension d'esprit... Cette incertitude... Ils vont, ils viennent, ils repartent, ils posent des questions... Des questions qui paraissent sans aucun rapport avec l'affaire...

Il se tut. J'attendis, sans ouvrir la bouche. Il voulait parler ? Qu'il parle !

— Vous étiez là, l'autre jour, quand l'inspecteur a fait cette monstrueuse suggestion, à propos de Mrs Leonidès et de moi-même... Une suggestion monstrueuse ! Mais que répondre ? On se sent désarmé, impuissant. Comment empêcher les gens de penser telle ou telle chose ? Comment leur prouver qu'ils se trompent ? Et cela, simplement parce qu'elle est — parce qu'elle était — beaucoup plus jeune que son mari !... J'ai l'impression, voyez-vous, qu'il y a là... un complot, une conspiration !

— Une conspiration ? Voilà qui est intéressant !

— Je n'ai jamais eu... la sympathie de la famille de Mr Leonidès. Elle m'a toujours traité de haut en bas, j'ai toujours eu le sentiment qu'elle me méprisait...

Ses mains tremblaient.

— Cela, parce qu'ils ont toujours eu de l'argent ! Pour eux, qu'est-ce que j'étais ? Un petit précepteur de rien du tout et un sale objecteur de conscience ! J'avais mes raisons. Et elles étaient valables !

Je restais muet. Il poursuivit, s'échauffant :

— Et pourquoi n'aurais-je pas eu peur ? Peur d'être au-dessous de ma tâche ? Peur, lorsque le moment serait venu de presser sur la détente d'un fusil, d'être incapable de me contraindre à faire le geste nécessaire ? Comment être sûr que c'est bien un nazi qu'on va tuer ? Qu'on ne va pas abattre un brave petit gars, un paysan qui n'a jamais fait de politique et qui est là, simplement parce qu'on l'a mobilisé pour défendre son pays ? La sainteté de la guerre, je n'y crois pas ! Comprenez-vous ? Je n'y crois pas ! La guerre est mauvaise.

Je gardais le silence. Il me semblait superflu d'exprimer une opinion quelconque. Brown discutait avec lui-même et, ce faisant, me révélait beaucoup de sa vraie personnalité.

— Tout le monde se moquait de moi. J'ai toujours eu le don de me rendre ridicule. Ce n'est pas que je manque vraiment de courage. Seulement, je n'ai pas de chance. Un jour, je me suis précipité dans une maison en flammes pour sauver une femme dont on venait de me dire qu'elle était restée à l'intérieur. Tout de suite, je me suis perdu dans la fumée et évanoui. Les pompiers ont eu beaucoup de mal à me retrouver et j'ai entendu l'un d'eux qui disait : « Pourquoi cet imbécile a-t-il voulu faire notre travail ? » Quoi que je fasse, les gens sont contre moi ! L'assassin de Mr Leonidès s'est arrangé pour que je sois soupçonné, et c'est ma ruine qu'il a voulu !

— Et Mrs Leonidès ? dis-je.

Il rougit.

— Elle ! s'écria-t-il, c'est un ange ! Un ange ! Avec son vieux mari, elle était toute douceur et toute tendresse. Penser qu'elle a pu l'empoisonner, c'est risible ! Risible ! Et cet imbécile d'inspecteur ne s'en aperçoit pas !

— Que voulez-vous ? Il a vu tant de vieux maris expédiés dans l'autre monde par de charmantes jeunes femmes !

Laurence Brown haussa les épaules et s'en alla rageusement manipuler des livres, sur les rayons de la bibliothèque qui occupait un coin de la pièce. Je jugeai que je ne tirerais plus rien de lui pour le moment et, sans bruit, je sortis. Je suivais le couloir quand une porte s'ouvrit sur ma gauche. Joséphine me tomba presque dessus. Son apparition me fit songer au diable des pantomines d'autrefois. Ses mains et sa figure étaient couvertes de poussière et une toile d'araignée pendait de son oreille droite.

— D'où venez-vous, Joséphine ?

Je jetai un coup d'œil par la porte entrouverte. J'aperçus deux marches qui conduisaient à une vaste salle qui ressemblait à un grenier, presque tout entière occupée par de grands réservoirs à eau.

— J'étais dans la chambre aux citernes.

— Qu'est-ce que vous y faisiez ?

Elle me répondit, avec le plus grand sérieux :

— Du travail de détective.

— Qu'est-ce que vous espérez donc trouver là ?

Joséphine fit semblant de ne pas avoir entendu.

— Il faut que j'aille me laver, dit-elle simplement.

— Ça me paraît, en effet, indispensable !

Joséphine se dirigea vers une des salles de bains. A la porte, elle se retourna.

— Il me semble que le second meurtre ne devrait plus tarder maintenant. Ce n'est pas votre avis ?

— Quel second meurtre ?

— Eh bien ! *le* second meurtre ! Dans les livres, au bout d'un certain temps, il y a toujours un second meurtre. La victime, c'est quelqu'un qui sait quelque chose et qu'on tue pour l'empêcher de parler !

— Vous lisez trop de romans policiers, Joséphine. La vie n'est pas comme ça... et je puis bien vous assurer que si, dans cette maison, quelqu'un sait quelque chose, ce quelqu'un n'a pas la moindre idée de le dire !

La réponse de Joséphine me parvint dans un bruit d'eau coulant d'un robinet :

— Quelquefois, il s'agit d'une chose dont la victime ne sait même pas qu'elle la connaît !

Tout en essayant de donner un sens à cette phrase passablement sybilline, je m'éloignai, laissant Joséphine à ses ablutions. A l'étage inférieur, j'allais franchir la porte menant à l'escalier quand, sortant du salon, Brenda vint à moi. Elle me mit la main sur l'avant-bras et, me regardant dans les yeux, dit simplement :

— Alors ?

C'était, sous une autre forme, ramenée à un seul mot, la question même que Laurence Brown m'avait posée quelques instants auparavant. Je secouai la tête.

— Rien de neuf.

Elle poussa un long soupir.

— J'ai si peur !

Je la croyais volontiers, car je commençais moi-même à ne plus me sentir à l'aise dans cette étrange maison, où tout semblait lui être hostile. J'aurais voulu la rassurer. Mais que lui dire ? Sur qui pouvait-elle compter ? Sur Laurence Brown ? Que pouvait-il ? J'aurais voulu la réconforter, lui venir en aide. Mais que pouvais-je moi-même ? Au surplus, je me sentais terriblement gêné, avec un vague sentiment de culpabilité. Je pensais à Sophia, à son ton méprisant quand elle m'avait dit : « Je vois ! Elle vous a empaumé ! » Sophia ne voulait pas non plus que je me fisse l'avocat de Brenda. Seule, soupçonnée, Brenda devait se défendre seule. Elle reprit :

— L'enquête a lieu demain. Que va-t-il se passer ?

Sur ce point-là, je pouvais la rassurer.

— Rien du tout ! répondis-je. Soyez sans inquiétude ! On l'ajournera à la demande de la police elle-même. Ce qu'il faut prévoir, par contre, c'est que la presse va se déchaîner. Jusqu'à présent, aucun journaliste n'a imprimé que la mort de M. Leonidès pouvait n'avoir pas été naturelle. Les Leonidès ont beaucoup de relations, mais, l'enquête ajournée, les reporters vont s'amuser.

S'amuser ! Le mot rendait bien ma pensée. Mais pourquoi n'en avais-je pas cherché un autre ?

— Ce sera... odieux ?

— A votre place, Brenda, je n'accorderais aucune interview... Et il y a longtemps que quelqu'un devrait vous conseiller.

A son air effrayé, je vis qu'une fois encore j'avais mal choisi mes mots.

— Non, repris-je, ce n'est pas à un avocat que je

pense ! Ce que je crois, c'est que vous devriez convoquer un homme de loi, un avoué, qui veillerait sur vos intérêts, vous guiderait en matière de procédure, vous indiquerait ce que vous devez dire et faire... et aussi ce que vous devez dire et ne pas faire.

J'ajoutai :

— Vous êtes très seule, vous savez, Brenda ?

Sa main pressa mon bras un peu plus fort.

— Oui, Charles, je comprends... Vous me rendez service... Merci, Charles, merci !

Je descendis, très content de moi. En bas, j'aperçus Sophia, debout près de la porte d'entrée.

— On vous a téléphoné de Londres. Charles ! me dit-elle, d'une voix qui me parut extrêmement sèche. Votre père veut vous voir.

— Au Yard ?

— Oui.

— Je me demande ce qu'il me veut. On ne l'a pas dit ?

Sophia fit non de la tête. Il y avait de l'inquiétude dans ses yeux. Je l'attirai contre moi.

— Ne vous tracassez pas, chérie ! dis-je. Je ne serai pas absent longtemps.

## 17

Il y avait dans l'atmosphère de la pièce quelque chose de tendu. Mon père était assis à son bureau, l'inspecteur-chef Taverner adossé à la fenêtre et Mr Gaitskill installé dans le fauteuil réservé aux visiteurs, outré.

— Un tel manque de confiance ! s'écriait-il avec indignation. C'est inimaginable !

— J'en conviens, dit le « pater » d'une voix qui me parut d'une exceptionnelle douceur.

Tournant la tête vers moi, il ajouta :

— Te voilà, Charles ? Eh bien, tu as fait vite ! Il y a du nouveau.

— Quelque chose d'inimaginable ! lança Gaitskill.

Le petit homme était visiblement ulcéré. Dans son dos, Taverner sourit discrètement à mon intention.

— Je résume les faits, dit mon père. Mr Gaitskill, Charles, a reçu ce matin une communication assez surprenante. Elle émanait d'un M. Agrodopoulos, propriétaire du Delphos Restaurant. C'est un vieillard, un Grec, comme son nom l'indique, qui en sa jeunesse fut l'ami et l'obligé d'Aristide Leonidès, qu'il considérait comme son bienfaiteur et à qui il gardait une grande reconnaissance. Il semble que, de son côté, Leonidès avait en lui la plus entière confiance.

— Que Leonidès fût de nature si soupçonneuse, si secrète, je ne l'aurais jamais cru ! déclara Mr Gaitskill. Il est vrai que les années s'accumulaient sur sa tête et qu'il était, en quelque sorte, retombé en enfance...

— Ils étaient compatriotes, reprit le « pater » de la même voix douce. Voyez-vous, Gaitskill, quand on devient très vieux, c'est avec une sympathie attendrie qu'on pense à sa jeunesse et à ses compagnons d'autrefois.

L'avoué riposta d'un ton aigre :

— Il n'empêche que c'est moi qui me suis occupé des affaires de Leonidès pendant plus de quarante ans ! Pendant quarante-trois ans et six mois, pour être précis !

Taverner sourit de nouveau.

— Qu'est-il arrivé ? demandai-je.

Mr Gaitskill ouvrit la bouche pour répondre, mais mon père parla avant lui.

— Dans cette communication, M. Agrodopoulos déclare se conformer à certaines instructions, à lui données par son ami Aristide Leonidès, lequel, il y a un an environ, lui confia une enveloppe cachetée, avec mission de la faire tenir à Mr Gaitskill immédiatement après sa mort. Dans le cas où M. Agrodopoulos aurait disparu le premier, son fils, un filleul de Leonidès, devait transmettre le dépôt à Mr Gaitskill. M. Agrodopoulos s'excusait d'avoir tardé : terrassé ces temps derniers par une pneumonie, c'est seulement dans l'après-midi d'hier qu'il a appris la mort de son ami.

— Tout cela, coupa Mr Gaitskill, est contraire à tous les usages professionnels !

Le « pater » poursuivit :

— Mr Gaitskill ouvrit le pli, prit connaissance de son contenu et jugea qu'il était de son devoir...

— Etant donné les circonstances, précisa l'avoué.

— De nous communiquer les documents, lesquels consistent en un testament, dûment signé et certifié par des témoins, et en une lettre qui l'accompagne.

— Ainsi, dis-je, le testament a fini par se manifester ?

Mr Gaitskill devint cramoisi. Il protesta avec violence.

— Ce n'est pas le même testament ! Pas celui que j'ai établi, à la demande de M. Leonidès. C'est un document rédigé de sa propre main, la plus grosse imprudence que puisse commettre un homme qui n'est pas juriste de profession. A croire que M. Leonidès a tout fait pour me ridiculiser !

Taverner essaya de mettre un peu de baume sur les blessures du malheureux Gaitskill.

— N'oublions pas, monsieur Gaitskill, que M. Leonidès était chargé d'ans ! Quand on devient très vieux, on est parfois un peu dérangé... Pas fou, bien sûr ! Mais un peu excentrique.

Mr Gaitskill renifla sans répondre.

— Mr Gaitskill, reprit mon père, nous a téléphoné et informé des dispositions essentielles du testament. Je l'ai prié de passer à mon bureau, avec les deux documents, et, en même temps, Charles, je t'ai convoqué.

J'avoue que je ne voyais pas pourquoi. Cette manière de faire m'étonnait, aussi bien du « pater » que de Taverner. Ce que contenait le testament, j'aurais toujours fini par l'apprendre et, tout bien pesé, la façon dont le vieux Leonidès disposait de ses biens ne me regardait pas.

— Ce testament, demandai-je, est très différent de l'autre ?

— Enormément, dit Mr Gaitskill.

Le paternel ne me quittait pas de l'œil. Taverner, au contraire, faisait tout son possible pour ne pas me regarder. Je commençais à me sentir mal à l'aise. Je repris, tourné vers Gaitskill :

— La chose, certes, ne me concerne pas. Pourtant...
Il alla au-devant de mes vœux.

— Les dispositions testamentaires de M. Leonidès, me dit-il, n'ont rien de secret. J'ai, cependant, considéré qu'il était de mon devoir de prévenir d'abord les autorités policières, afin de leur demander leur avis sur la marche à suivre.

Après un court silence, il ajouta :

— Je crois comprendre que vous êtes... dirai-je très lié ?... avec miss Sophia Leonidès ?

— J'espère l'épouser, déclarai-je. Mais elle ne veut pas entendre parler de mariage, pour le moment.

— Ce qui s'explique fort bien.

Je n'étais pas d'accord avec Gaitskill là-dessus, mais je n'avais pas l'intention de discuter le point avec lui. Il reprit :

— Par ce testament, daté du 29 novembre de l'année dernière, M. Leonidès, après avoir légué à son épouse une somme de cent cinquante mille livres sterling, laisse la totalité de ses biens, tant réels que personnels, à sa petite-fille Sophia Katherine Leonidès.

J'en restai sans voix pendant quelques secondes. Je m'attendais à tout, excepté à ça.

— Il a tout laissé à Sophia ! dis-je enfin. C'est extraordinaire ! A-t-il expliqué les raisons de cette décision ?

Ce fut mon père qui répondit.

— Elles se trouvent clairement exposées dans la lettre qui accompagne le testament.

Prenant un document sur son bureau, il se tourna vers Mr Gaitskill.

— Vous ne voyez pas d'inconvénient, monsieur Gaitskill, à ce que Charles prenne connaissance de cette lettre ?

— Je m'en rapporte à vous, déclara le *solicitor* avec une certaine froideur. La lettre donne au moins une explication et peut-être, encore que j'en doute fort, justifie-t-elle l'extraordinaire conduite de M. Leonidès.

Le « pater » me tendit la lettre. L'écriture, petite et assez tourmentée, avait du caractère et de la personnalité. Elle n'était nullement celle d'un vieillard, bien que les lettres, soigneusement formées, fussent caractéristiques d'un temps révolu, celui où l'instruction n'était pas dispensée à tous et se trouvait de ce fait même plus soignée qu'elle ne l'est aujourd'hui.

Je recopie le texte de la lettre.

*Mon cher Gaitskill,*

*Cette lettre vous surprendra et peut-être la considérerez-vous comme blessante, mais j'ai mes raisons personnelles d'agir dans le secret, ainsi que je le fais aujourd'hui. Il y a longtemps que je ne crois qu'à la personnalité. Dans toute famille, je l'ai observé dès mon enfance et je ne l'ai jamais oublié, il y a toujours un caractère fortement marqué et c'est lui, généralement, qui doit pourvoir aux besoins de tous. Dans ma famille, ce caractère fort, c'était moi. Etabli à Londres, j'ai assuré l'existence de ma mère et de mes vieux grands-parents, restés à Smyrne, arraché l'un de mes frères aux griffes de la loi, libéré ma sœur d'un mariage malheureux, etc. Dieu a bien voulu m'accorder un long séjour sur la terre et j'ai pu ainsi veiller, non seulement sur mes enfants, mais sur les enfants de mes enfants, et m'occuper d'eux très longtemps. Beaucoup des miens m'ont été arrachés par la mort. Les autres, je suis heureux de le dire, vivent sous mon toit. Quand je ne serai plus, cette tâche que je me suis imposée, il faut que quelqu'un la continue. Je me suis demandé si je ne devais pas diviser également ma fortune entre tous ceux que j'aime et j'en suis arrivé à cette conclusion que ce serait le meilleur moyen de donner à chacun la part qui lui revient. Les hommes ne viennent pas au monde égaux et, pour assurer entre eux cette égalité que la Nature n'a pas réalisée, il faut peser sur l'un des plateaux de la balance. Ce qui revient à dire que j'entends que quelqu'un prenne ma succession pour porter après moi le fardeau de la famille tout entière. Cette responsabilité, j'estime, après avoir longuement réfléchi, qu'elle ne saurait revenir à aucun de mes fils bien-aimés. Mon cher Roger n'a pas le sens des affaires et, si sympathique qu'il soit, il est trop impulsif pour avoir le jugement bon. Mon fils Philip manque trop de confiance en lui-même pour faire autre chose que de fuir la vie. Mon petit-fils Eustace est très jeune et je ne pense pas qu'il ait jamais le bon sens et l'équilibre indispensables. Il est indolent et très influençable. Seule, ma petite-fille Sophia me paraît avoir les qualités requises : elle est intelligente, elle a du jugement et du courage, un esprit clair et, je crois, de la grandeur d'âme. C'est à elle que je veux m'en remettre du soin d'assurer après moi le bonheur de la famille, et celui de ma chère belle-sœur, Edith de Haviland, à qui je suis extrêmement reconnaissant du dévouement qu'elle a, durant toute sa vie, témoigné aux miens.*

*Cela vous explique le document ci-joint. Ce qui sera plus difficile à expliquer — et particulièrement à vous, mon vieil ami — c'est le subterfuge auquel j'ai recouru. Il m'a semblé qu'il serait sage de laisser chacun dans l'ignorance de la façon dont je compte disposer de mes biens et je n'ai pas l'intention de laisser savoir dès à présent que Sophia sera mon héritière. Mes deux fils ayant déjà, l'un et l'autre, une fortune considérable (qu'ils tiennent de moi), je n'ai pas le sentiment qu'ils se sentiront lésés.*

*Pour épargner à tous spéculations et hypothèses, je vous ai prié de me rédiger un testament, que j'ai lu à toute la famille assemblée. Je l'ai posé sur mon bureau, j'ai placé dessus une feuille de papier buvard et fait appeler deux domestiques. Avant leur arrivée, j'ai fait légèrement glisser la feuille de papier buvard, pour ne laisser visible que le bas du document. Après l'avoir moi-même signé, je les ai priés d'apposer dessus leur signature. J'ai à peine besoin d'ajouter que ces trois signatures figurent non pas sur le document que vous aviez rédigé et dont j'avais donné lecture, mais sur celui que vous trouverez sous ce pli.*

*Je ne saurais espérer que vous approuverez les raisons qui m'ont déterminé à exécuter ce tour de passe-passe. Je vous demanderai simplement de ne pas m'en vouloir de ne pas vous avoir mis au cou-*

*rant. Un très vieil homme aime garder pour lui ses petits secrets.*

*Je vous remercie encore, mon cher ami, du zèle dont vous avez toujours témoigné dans le soin de mes affaires. Dites à Sophia que je l'aime bien et demandez-lui de veiller sur la famille et de la bien protéger !*

*Très sincèrement vôtre,*

ARISTIDE LEONIDÈS.

— Extraordinaire ! dis-je, connaissance prise de ce très curieux document.

Mr Gaitskill se leva.

— C'est bien mon avis ! Mon vieil ami aurait pu, je le répète, faire confiance à ma discrétion.

— Sans aucun doute, déclara le « pater ». Seulement, il était d'un naturel compliqué. Il aimait, si j'ose dire, faire les choses justement comme elles ne devaient pas être faites.

L'inspecteur Taverner approuva du chef, mais tout cela ne consolait pas Gaitskill, gravement touché dans son orgueil professionnel. Il se retira, l'air fort triste.

— Pour lui, dit Taverner, le coup est dur. « Gaitskill, Callum and Gaitskill », c'est la vieille maison, sérieuse et respectable ! Avec elle, pas de combines douteuses ! Quand le vieux Leonidès traitait une opération suspecte, il s'adressait ailleurs, à l'une quelconque des cinq ou six firmes de *solicitors* qui travaillaient pour lui. C'était un vieux renard ! Et rusé !

— Il ne l'a jamais été plus, fit remarquer mon père, qu'à l'occasion de ce testament.

— Exact, répondit Taverner. Nous ne nous sommes pas montrés malins. Quand on y réfléchit, la seule personne qui pouvait avoir opéré une substitution, c'était Leonidès lui-même. Seulement, pouvions-nous imaginer ça ?

Je me souvins du sourire condescendant de Joséphine, lorsqu'elle m'avait dit que les policiers n'étaient pas malins. Mais Joséphine n'assistait pas à la lecture du testament et, eût-elle écouté à la porte — ce que j'étais tout disposé à croire — il lui eût été impossible de deviner le manège de son grand-père. Alors, pourquoi ses airs supérieurs ? Que savait-elle qui pouvait lui permettre d'affirmer que les policiers étaient des imbéciles ? Ou bien se contentait-elle de bluffer pour se donner de l'importance ?

Frappé par le silence de la pièce, je levai la tête brusquement. Mon père et Taverner me regardaient, l'un et l'autre. Je ne sais ce qui dans leur attitude me contraignit à leur déclarer, d'un air de défi, que Sophia n'avait été tenue au courant de rien.

— De rien du tout !

— Non ? dit le « pater ».

Approuvait-il ? Interrogeait-il ? Je n'aurais su le dire. Je poursuivis.

— Elle sera absolument stupéfaite !

— Ah ?

— Abasourdie !

Il y eut un silence. Puis, la sonnerie du téléphone se déclencha et mon père décrocha le récepteur.

— Oui ?

Il écouta un instant et dit :

— Passez-la-moi !

Il me regarda et me tendit l'appareil.

— C'est ta jeune amie. Elle désire te parler. C'est urgent !

Je portai l'écouteur à mon oreille.

— Sophia ?

— C'est vous, Charles ?... Je vous téléphone au sujet de Joséphine.

La voix de Sophia s'était comme brisée.

— Que lui est-il arrivé ?

— Elle a reçu un coup sur la tête. Elle est... elle est très mal... Peut-être ne s'en relèvera-t-elle pas !

Je me tournai vers mon père.

— Joséphine a été assommée.

Le « pater » prit le récepteur, tout en me disant d'un ton chagrin :

— Je t'avais dit de garder un œil sur cette petite...

## 18

Quelques minutes plus tard, une rapide auto de la police nous emportait, Taverner et moi, vers Swinly Dean.

Je songeais à Joséphine sortant de la chambre aux citernes et me parlant avec insousiance de « ce second meurtre », dont elle pensait qu'il ne devait plus tarder. La pauvre enfant ne se doutait guère qu'elle pouvait être appelée à y tenir le rôle de victime.

Je ne contestais pas le bien-fondé des reproches tacites de mon père. J'aurais dû veiller sur Joséphine. Si, Taverner et moi, nous n'avions aucune indication sérieuse sur l'identité du criminel, il était hautement probable qu'il n'en allait pas de même pour Joséphine. J'avais cru au bluff enfantin d'une petite personne, avide de se faire valoir. En fait, il se pouvait fort bien qu'en se livrant à son sport favori, qui consistait à écouter aux portes et à espionner les gens, la gamine eût découvert un renseignement capital dont elle ne soupçonnait même pas l'importance.

Je me souvenais de cette branche qui avait craqué dans le voisinage, alors que nous parlions dans le jardin. A ce moment-là, j'avais eu le sentiment que le danger était tout proche. Un peu plus tard, l'idée m'avait paru ridicule : je dramatisais. J'aurais dû, tout au contraire, me bien mettre dans la tête que nous avions affaire à un assassin, à un être qui risquait sa peau et qui, par conséquent, n'hésiterait pas à commettre un second crime, s'il n'avait pas d'autre moyen d'assurer son impunité. Peut-être Magda, avertie par quelque obscur instinct maternel, avait-elle deviné que Joséphine était menacée, ce qui eût expliqué sa hâte soudaine à l'expédier en Suisse le plus rapidement possible...

Sophia sortit de la maison pour nous accueillir à notre arrivée. Elle nous dit que Joséphine avait été transportée en ambulance au Market General Hospital. Le docteur Gray ferait connaître les résultats de l'examen radiographique dès qu'il le pourrait.

— Comment est-ce arrivé ? demanda Taverner.

Sophia nous conduisit sur le derrière de la maison. Nous entrâmes dans une petite courette, à peu près abandonnée. Dans un angle, on apercevait une porte entrouverte.

— Ce petit bâtiment, nous expliqua Sophia, c'est une sorte de buanderie. Il y a, dans le bas de la porte, une chatière sur laquelle Joséphine montait souvent pour se balancer.

Je me souvins avoir pratiqué ce « sport » en mon enfance.

La buanderie était petite et sombre. Je distinguai des caisses en bois, un rouleau de tuyau d'arrosage, des accessoires de jardin en mauvais état et quelques meubles cassés. Juste derrière la porte, il y avait un lion couché en marbre.

— C'est un arrêt de porte qui vient de l'entrée, nous dit Sophia. On avait dû le placer en équilibre sur la porte.

Taverner posa sa main sur le haut de la porte, à trente centimètres à peine au-dessus de sa tête.

— Un truc tout simple, dit-il.

Il fit mouvoir la porte, puis se pencha sur le bloc de marbre, qu'il se garda bien de toucher.

— Personne ne l'a manipulé ?

— Non, répondit Sophia. Je l'ai défendu.

— Vous avez bien fait. Qui a trouvé la petite ?

— Moi. A une heure, on ne l'avait pas encore vu revenir pour le déjeuner. Nannie l'a appelée. Elle l'avait vu passer dans la cuisine et sortir dans la cour des écuries, un quart d'heure plus tôt. « Je parierais, me dit-elle, qu'elle est en train de jouer à la balle ou de se balancer encore sur cette porte ! » J'ai pensé qu'elle ne se trompait pas et je lui ai dit : « Je vais la chercher ! »

— Elle avait l'habitude de jouer sur cette porte ? Vous le saviez ?

Sophia haussa les épaules.

— Je crois bien que personne ne l'ignorait dans la maison.

— Quelqu'un se sert-il de la buanderie ? Les jardiniers ?

Sophia secoua la tête.

— Non. On n'y vient presque jamais.

— Et, de la maison, on ne voit pas cette courette ? N'importe qui pouvait s'y glisser sans être vu pour installer ce piège... Seulement, la réussite n'était pas assurée.

Tout en parlant, Taverner remuait doucement la porte. Il poursuivit :

— C'était un coup de hasard. On touchait ou on ne touchait pas et il y avait plus de chances « contre » que de chances « pour ». La pauvre petite n'a pas eu de veine. Elle a été touchée.

Il se baissa pour regarder le sol, sur lequel se remarquaient comme des trous.

— On dirait, reprit-il, qu'on s'est livré à quelques expériences préalables, comme pour s'assurer de l'endroit où l'objet tomberait... De la maison, on n'a rien entendu ?

— Rien. Nous ne nous doutions pas qu'il lui était arrivé malheur et c'est seulement lorsque je suis venue ici et que je l'ai vue, étendue, le visage sur le sol...

D'une voix que l'émotion altérait, Sophia ajouta :

— Elle avait du sang dans les cheveux...

Taverner montra de l'index une écharpe de laine aux vives couleurs qui traînait par terre.

— C'est à elle ?

— Oui.

Protégeant ses doigts avec l'écharpe, Taverner ramassa avec précaution le bloc de marbre.

— Nous y relèverons peut-être des empreintes, dit-il, mais ça m'étonnerait ! On a dû se méfier... Qu'est-ce que vous examinez là ?

C'était à moi que la question s'adressait. Je regardais une chaise de cuisine au dossier carré. Il y avait sur le siège quelques morceaux de terre.

— Curieux ! déclara Taverner. On est monté sur

cette chaise, avec des chaussures boueuses. Je me demande bien pourquoi !

Revenant à Sophia, il reprit :

— A quelle heure l'avez-vous trouvée, miss Leonidès ?

— Il devait être une heure cinq.

— Et la vieille Nannie l'avait vu sortir vingt minutes plus tôt environ. Avant l'enfant, quelle est, autant qu'on sache, la dernière personne à être allée à la buanderie ?

— Je ne saurais dire, mais c'était probablement Joséphine elle-même. Je sais qu'elle était venue se balancer sur cette porte ce matin, après le petit déjeuner.

— De sorte, conclut Taverner, que c'est entre ce moment-là et une heure moins le quart que le piège aurait été machiné.

Il poursuivit :

— Vous dites que ce bloc de marbre servait d'arrêt de porte à l'entrée. Savez-vous depuis quand il n'est plus là-bas ?

Sophia avoua n'avoir là-dessus aucune idée.

— La porte d'entrée n'a pas été ouverte de toute la journée. Il fait trop froid.

— Et savez-vous ce que chacun a fait, dans la maison, au cours de la matinée ?

— Je suis allée me promener. Eustace et Joséphine ont travaillé dans la salle de classe jusqu'à midi et demie. Mon père, je crois, n'a pas bougé de sa bibliothèque.

— Votre mère ?

— Elle sortait de sa chambre à coucher, quand je suis rentrée de promenade, vers midi un quart. Elle ne se lève jamais très tôt.

Nous rentrâmes dans la maison et j'accompagnai Sophia à la bibliothèque. Très pâle, l'œil fixe, Philip était assis dans son fauteuil habituel. Magda était à côté de lui, par terre, le front sur les genoux de son mari. Elle pleurait doucement.

Sophia demanda si l'on avait téléphoné de l'hôpital. D'un mouvement de tête, Philip répondit que non.

Magda se lamentait.

— Pourquoi ne m'a-t-on pas autorisée à aller avec elle ? Ma petite fille !... Ma petite fille, si vilaine et si drôle !... Et dire que je l'appelais « ma petite niaise », ce qui avait le don de la mettre en colère ! Comment ai-je pu me montrer si cruelle ? Et, maintenant, elle va mourir !... Elle va mourir, je le sais !

Philip l'invitait posément à se taire. Jugeant que ma place n'était pas là, je me retirai sans attirer l'attention et me mis en quête de Nannie. Je la trouvai dans sa cuisine. Elle pleurait.

— C'est ma punition, monsieur Charles ! Pour toutes les vilaines choses que j'ai pensées ! C'est ma punition !

Je n'essayai pas d'approfondir ce qu'elle voulait dire. Elle poursuivait :

— L'esprit du mal est dans la maison, monsieur Charles, voilà la vérité ! Je ne voulais pas le croire ! Mais il faut bien se rendre à l'évidence. Quelqu'un a tué le maître et c'est ce même quelqu'un qui a voulu tuer Joséphine !

— Mais pourquoi aurait-on voulu tuer cette enfant ?

Nannie écarta de ses yeux un coin de son mouchoir pour me dévisager d'un air entendu.

— Cette petite, monsieur Charles, vous savez aussi bien que moi comme elle était ! Elle voulait être au courant de tout. Elle a toujours été comme ça, même quand elle n'était qu'un bébé. Elle se cachait sous la table, elle écoutait les bonnes parler et elle se servait de ce qu'elle avait appris. Comme ça, elle avait l'impression qu'elle comptait ! Vous comprenez, monsieur Charles, Madame, autant dire, ne s'occupait pas d'elle. Ce n'était pas un bel enfant, comme les deux autres. Elle avait toujours été laide et Madame l'appelait sa « petite niaise » ! J'ai toujours blâmé Madame pour ça, parce que je pense que c'est ça qui a rendu la petite sournoise. Mais, à sa manière, elle prenait sa revanche : elle découvrait des choses sur les uns et les autres, et elle leur faisait savoir qu'elle les savait. Seulement, faire ça quand il y a un assassin dans une maison, c'est dangereux.

C'était là une incontestable vérité. Elle me fit penser à quelque chose, qui m'amena à poser une question à Nannie.

— Saviez-vous qu'elle avait un petit carnet noir, sur lequel elle notait toutes sortes de choses ?

— Je vois de quoi vous voulez parler, monsieur Charles. Elle faisait bien des mystères avec ça ! Je l'ai souvent vue, suçant son crayon, écrivant quelque chose, puis se remettant à grignoter son crayon. Je lui disais : « Ne faites pas ça ! La mine de plomb, c'est du poison ! » Elle me répondait : « Il ne faut pas croire ça ! Dans un crayon, il n'y a pas vraiment du plomb ! C'est du carbone ! » Je ne disais rien, mais je n'en pensais pas moins, car, tout de même, quand on appelle quelque chose « mine de plomb », le bon sens veut que ce soit bien parce qu'il y a du plomb dedans !

— Sans aucun doute ! dis-je. Pourtant, en la circonstance, Joséphine avait raison.

J'aurais pu ajouter : « Comme toujours. » Je revins à ce qui m'intéressait.

— Ce petit carnet, vous savez où elle le rangeait ?

— Je n'en ai pas la moindre idée, monsieur Charles ! C'est une de ces choses autour desquelles elle faisait grand mystère.

— Elle ne l'avait pas sur elle quand on l'a relevée ?

— Oh ! ça, certainement pas !

Ce carnet, quelqu'un le lui avait-il pris ou était-il encore caché dans sa chambre ? L'idée me vint d'y aller voir. Je ne savais pas quelle était exactement la chambre de Joséphine, mais, alors que j'hésitais dans le couloir, la voix de Taverner m'appela.

— Entrez donc ! Je suis chez Joséphine... Avez-vous jamais rien vu de pareil ?

Je restai cloué sur le seuil, positivement stupéfait. La pièce, pas très grande, semblait avoir été balayée par une tornade. Vidés de leur contenu, les tiroirs de la commode traînaient de droite et de gauche ; matelas, draps et couvertures, avaient été arrachés au petit lit ; les tapis étaient en tas, les chaises renversées ; il ne restait plus aux murs ni une gravure ni une photo, et les cadres des unes et des autres avaient été brisés.

— Grands dieux ! m'écriai-je. Qu'est-ce que ça signifie ?

— Votre avis ?

— Quelqu'un est venu, qui cherchait quelque chose.

— C'est ce que je crois.

Je parcourus la pièce du regard et j'émis un menu sifflement.

— Mais qui diable... Enfin, voyons, personne ne peut être venu ici et avoir ainsi tout bouleversé, sans avoir été vu... ou entendu !

— Croyez-vous ? Mrs Leonidès passe sa matinée dans sa chambre, à se faire les mains et à téléphoner à ses amis. Philip reste dans sa bibliothèque, avec ses bouquins. La vieille Nannie est dans sa cuisine, en train d'éplucher des pommes de terre ou d'écosser des petits pois. On connaît les habitudes des uns et des autres... et je vais vous dire une bonne chose : dans cette maison, tout le monde a pu faire le petit travail qui nous préoccupe aujourd'hui, c'est-à-dire machiner le piège de la buanderie et mettre cette pièce sens dessus dessous. Seulement, le quelqu'un en question a dû faire très vite et n'a pas eu loisir de fouiller la chambre tranquillement.

— Vous dites « tout le monde » ?

— Oui. Je me suis renseigné sur l'emploi du temps de chacun. Qu'il s'agisse de Philip, de Magda, de la vieille Nannie ou de votre jeune amie, personne ne peut rien prouver et nous devons nous en rapporter à ce qu'on veut bien nous dire. Pour les autres, c'est la même chose ! Brenda a passé seule la plus grande partie de la matinée. Laurence et Eustace ont disposé d'une pleine demi-heure entre dix heures et demie et onze heures. Vous avez été avec eux pendant quelques instants, vers ce moment-là, mais pas tout le temps. Miss de Haviland était seule au jardin, et Roger, seul dans son cabinet.

— Clemency, elle, était allée travailler à Londres, comme tous les jours ?

— Erreur ! Elle peut être dans le coup, elle aussi. Une migraine l'a retenue à la maison. Elle n'a pas bougé de sa chambre. Je vous le répète, ils sont tous suspects, tous !... Quant à choisir dans le lot un coupable, j'en serais bien incapable ! Si seulement je savais ce qu'on cherchait... et si on l'a trouvé !

Ces mots éveillèrent dans ma mémoire des souvenirs, qui se précisèrent brusquement quand Taverner me demanda quand j'avais vu Joséphine pour la dernière fois.

— Attendez ! répondis-je.

Me précipitant hors de la pièce, je courus à l'étage supérieur. Une minute plus tard, je me trouvais dans la chambre aux citernes, où je devais garder la tête baissée, le plafond étant bas et en pente. Quand j'avais surpris Joséphine en cet endroit, elle m'avait déclaré qu'elle y venait faire « du travail de détective ».

Que pouvait-elle découvrir dans un grenier où il n'y avait guère que des toiles d'araignées ? Je ne le voyais pas. Mais je me rendais parfaitement compte que le lieu était idéal pour cacher quelque chose. Probablement que Joséphine s'en était avisée avant moi et qu'elle avait dû dissimuler en quelque recoin quelque chose dont elle n'ignorait pas qu'elle n'eût point dû l'avoir en sa possession. S'il en allait ainsi, ce quelque chose, je ne devais pas être long à le trouver.

Il me fallut exactement trois minutes. Ayant glissé ma main derrière le plus gros des réservoirs d'eau, je la ramenai fermée sur un petit paquet, enveloppé de papier brun. C'étaient des lettres.

Je pris connaissance de la première.

*Tu ne saurais, mon Laurence adoré, imaginer avec quelle joie secrète j'ai écouté, hier soir, ces vers que tu nous a lus. Tu évitais de porter les yeux sur moi, mais je savais que c'était à moi, et à moi seule, que tu t'adressais. Aristide t'a dit : « Vous êtes un excellent lecteur ! », sans rien soupçonner de ton émotion, non plus que de la mienne. Je suis sûre, mon amour, que tout sera pour le mieux avant pas longtemps et j'ai plaisir à penser qu'il mourra sans avoir jamais rien deviné, qu'il mourra heureux. Il a été très bon pour moi et je ne veux pas qu'il souffre. Mais je ne crois pas qu'on tire encore quelque satisfaction de la vie quand on a dépassé quatre-vingts ans, un âge que, pour ma part, j'espère bien ne jamais atteindre. Nous serons bientôt l'un à l'autre, mon aimé, et pour toujours ! Quelle joie ce sera pour moi que de t'appeler enfin « mon cher petit mari »... Nous étions faits l'un pour l'autre, mon amour, et je t'aime, je t'aime... je t'aime...*

Il y avait une suite, mais je n'avais pas le goût de la connaître.

La mine sombre, j'allai rejoindre Taverner, à qui je remis ma trouvaille.

— Il est très possible, lui dis-je, que ce soit là ce que l'on est venu chercher ici.

Taverner lut quelques passages, puis me regarda. Son expression était celle d'un chat qui vient de se régaler de la plus onctueuse des crèmes.

— J'ai l'impression, déclara-t-il, que, pour Mrs Brenda Leonidès, on peut considérer que les carottes sont cuites. Et aussi pour Mr Laurence Brown...

## 19

C'est avec étonnement, quand j'y songe maintenant, que je suis obligé de m'avouer que je cessai de plaindre Brenda Leonidès et d'avoir la moindre sympathie pour elle, à partir de l'instant où me furent connues ces lettres qu'elle avait écrites à Laurence Brown. Etais-je blessé dans ma vanité d'homme ? Lui en voulais-je de m'avoir menti ? Je l'ignore et la psychologie n'est pas mon affaire. Je préfère croire que ce que je ne lui pardonnais pas, c'était de ne pas avoir hésité, pour assurer son impunité, à frapper lâchement une enfant sans défense.

— Pour moi, me dit Taverner, c'est Brown qui a installé le piège et ça m'explique ce qui me surprenait là-dedans.

— Et qu'était-ce donc ?

— Vous m'avouerez que le truc était idiot ! Raisonnons. La petite détient ces lettres, qui sont plus que compromettantes. La chose à faire, c'est de remettre la main dessus. Si on y réussit, tout est bien ! La gosse peut parler, mais, si elle n'a rien à montrer à l'appui de ses dires, on pourra toujours l'accuser d'inventer ce qu'elle raconte. Seulement, ces lettres, on ne les trouve pas. Il devient donc impensable de mettre une fois pour toutes l'enfant hors de la circulation. C'est le seul moyen d'en finir. On a commis un premier meurtre, on ne va pas chipoter sur un second ! On sait que la petite aime bien se balancer sur la porte d'une buanderie, qui se trouve dans une courette où personne ne met jamais les pieds. L'idéal, ce serait donc d'aller l'attendre derrière cette porte et, dès qu'elle arrivera, de l'assommer avec un tisonnier, une barre de fer, ou un autre casse-tête. On n'a que l'embarras du choix. Alors, pourquoi aller chercher de mettre en équilibre sur le battant de la porte un lion en marbre, qui peut fort bien manquer le but et qui, s'il touche juste, peut parfaitement — et c'est bien ce qui s'est produit — ne faire l'ouvrage qu'à moitié ? Pourquoi ? Je vous le demande !

— Et la réponse, c'est ?

— J'ai d'abord cru qu'il s'agissait d'assurer à quelqu'un un solide alibi. Seulement, ça ne marche pas ! D'abord, parce que personne n'a l'air d'invoquer le moindre alibi. Ensuite, parce qu'il était forcé qu'on cherchât Joséphine vers l'heure du déjeuner et qu'on repérât du même coup le bloc de marbre, qui révélerait immédiatement comment on avait opéré. Si on l'avait retiré avant la découverte de l'enfant, nous n'aurions rien compris à l'affaire, c'est évident ! Mais il était sur place... et, par conséquent, ma théorie ne tenait pas.

— Et vous l'avez remplacée ?

— Par une autre, où je fais état de la personnalité propre du coupable, de son idiosyncrasie. Laurence est un homme qui a horreur de la violence, qui répugne à la brutalité. Il lui aurait été physiquement impossible de se cacher derrière une porte et d'assommer l'enfant d'un coup sur le crâne. Mais il était parfaitement capable d'installer un piège qui fonctionnerait alors qu'il se serait depuis longtemps retiré.

— Compris ! dis-je. C'est encore l'histoire de l'ésérine mise dans le flacon d'insuline...

— Exactement.

— Et, d'après vous, Brenda n'aurait été au courant de rien ?

— Ça expliquerait pourquoi elle n'a pas jeté la fiole d'insuline. Il est très possible qu'ils aient mis tout ça au point ensemble, très possible aussi que ce soit elle, toute seule, qui se soit chargée d'expédier son mari *ad patres* par le poison, élégant moyen d'en finir avec un vieil époux qui avait assez vécut pour aller rejoindre ses ancêtres. Mais je parierais que ce n'est pas elle qui a manigancé le piège de la buanderie. Les femmes ne se fient pas à des mécaniques de ce genre-là... et elles n'ont pas tort. Par contre, je suis convaincu que c'est elle qui a songé à l'ésérine et que c'est son amoureux qui, suivant ses instructions, a procédé à la substitution. Elle est de ces gens qui s'arrangent pour ne rien exécuter effectivement dont on puisse par la suite leur faire grief. Ça permet de ne pas avoir de remords.

Taverner reprit, après un instant de silence :

— Avec des lettres, l'accusation tiendra debout ! Que la petite se rétablisse et tout sera pour le mieux dans le meilleur des mondes !

Me guettant du coin de l'œil, il ajouta :

— Au fait, ça ne doit pas être trop désagréable d'être fiancé à quelque chose comme un million de livres sterling, hein ?

J'avais eu, en ces dernières heures, tellement à faire que je n'avais pas pensé à ça une seconde.

— Sophia n'est pas encore avertie, répondis-je. Voulez-vous que je la mette au courant ?

— Je crois, dit Taverner, que Gaitskill se propose de faire officiellement connaître l'heureuse — ou fâcheuse — nouvelle demain, après l'enquête.

Pensif, il ajouta, les yeux fixés sur moi :

— J'ai idée que les réactions des uns et des autres seront intéressantes à observer.

# 20

Il en alla de l'enquête à peu près comme je l'avais prévu. Elle fut finalement renvoyée, à la demande des autorités policières.

La veille au soir, d'excellentes nouvelles nous étaient parvenues de l'hôpital : les blessures de Joséphine étaient moins graves qu'on ne l'avait craint et son rétablissement serait rapide. Pour le moment pourtant, les visites demeuraient interdites. A tous, et même à sa mère.

— Surtout à sa mère, m'avait dit Sophia. C'est un point sur lequel j'ai beaucoup insisté auprès du docteur Gray. D'ailleurs, il connaît maman !

Ma physionomie avait dû me trahir, car Sophia avait ajouté :

— Pourquoi ce regard désapprobateur ?

— Mon Dieu !... Parce qu'une mère...

Sophia ne m'avait pas laissé poursuivre.

— Je suis ravie, Charles, que vous ayez sur les mamans les idées d'autrefois, mais ce dont la mienne est capable, vous ne le savez pas encore ! Elle est très gentille, mais, telle que je la connais, elle n'aurait rien de plus pressé que d'aller jouer au chevet de Joséphine une grande scène dramatique. Pour guérir les blessures de la tête, on peut trouver mieux.

— Vous pensez à tout, chérie !

— Que voulez-vous ? Il faut bien que quelqu'un réfléchisse dans cette maison, maintenant que grand-père est parti !

Je n'avais rien répliqué, mais je ne pus m'empêcher de rendre un tacite hommage à la sagesse du vieux Leonidès. Il ne s'était pas trompé en désignant Sophia pour prendre après lui les responsabilités familiales. Elles les avait déjà faites siennes.

Après l'enquête, Gaitskill revint avec nous à « Three Gables ». S'étant éclairci la gorge, il dit sur le ton solennel qui lui paraissait, en la circonstance, indispensable :

— Il est maintenant une communication que mon devoir me commande de vous faire.

Nous étions réunis dans le salon de Magda. Pour moi, j'avais l'agréable impression d'être l'homme qui est dans le secret des dieux. Je savais ce que Gaitskill avait à dire. Je me préparai à observer les réactions de chacun.

Gaitskill fut concis et, quelle que fût son amertume, il ne laissa rien deviner de ses sentiments personnels. Il donna d'abord lecture de la lettre d'Aristide Leonidès, puis du testament. Je regardais, avec le seul regret de ne pouvoir avoir les yeux partout à la fois.

Je n'accordais que peu d'attention à Brenda et à Laurence. Pour Brenda, les dispositions nouvelles ne changeaient rien. Je guettais surtout Roger et Philip, et, avec eux, Magda et Clemency.

Mon impression première fut que tous se comportaient de façon très honorable.

Phil, la tête rejetée en arrière sur le dos de son fauteuil, garda les lèvres étroitement serrées durant toute la lecture. Elle ne lui arracha pas un mot.

Magda, par contre, se répandit en un torrent de paroles dès que Gaitskill eut terminé.

— Ma chère Sophia !... Est-ce que tout cela n'est pas extraordinairement romanesque ?... Qui aurait cru que le cher vieil homme aurait si peu confiance en nous et qu'il nous décevrait tant ? Et qui aurait imaginé ça ? Il n'avait pas l'air d'aimer Sophia plus qu'il n'aimait n'importe lequel d'entre nous !... En tout cas, c'est un magnifique coup de théâtre !

D'un bond, elle s'était levée. Elle traversa le salon en quelques pas légers de danseuse et vint s'incliner devant sa fille en une profonde révérence de cour.

— Madame Sophia, votre vieille mère, très désargentée, espère que vous ne l'oublierez pas dans vos aumônes !

Puis, se redressant et tendant la main comme une pauvresse, elle ajouta, avec un terrible accent *cockney* :

— Un p'tit sou, ma bonne dame ! Maman voudrait aller au cinéma.

Philip, sans faire un mouvement, ouvrit la bouche pour dire d'un ton sec :

— Je t'en prie, Magda, l'heure n'est pas aux clowneries !

Magda, brusquement, se tourna vers Roger.

— Mon Dieu ! Et Roger ?... Le pauvre Roger ! Le cher homme voulait le renflouer et la mort ne lui a pas laissé le temps de le faire ! Qu'est-ce que Roger va devenir, puisque le testament ne lui accorde rien ?

Allant vers Sophia, elle ajouta, impérative :

— Sophia, il faut que tu fasses quelque chose pour Roger !

Clemency avança d'un pas.

— Il n'en est pas question. Roger ne demande rien. Rien du tout !

Roger s'était levé, lui aussi, pour aller à Sophia, à qui il avait gentiment pris les deux mains.

— C'est exact, ma chérie ! Je ne veux pas un sou. Dès que cette histoire aura été tirée au clair ou qu'elle sera classée, ce qui me paraît beaucoup plus probable, Clemency et moi, nous nous en irons vers les Antilles et la vie toute simple que nous souhaitons, elle et moi. Si jamais il arrivait que je ne puisse faire autrement, je ne manquerai pas de faire appel au chef de famille, mais, tant que je n'en serai pas là, je ne demande rien !

Il avait achevé avec un bon sourire.

Une voix inattendue s'éleva : celle d'Edith de Haviland.

— Tout cela est fort bien, Roger, mais il vous faudrait pourtant songer aux apparences ! Supposons que banqueroutier, vous vous en alliez à l'autre bout du monde, sans que Sophia ait rien fait pour vous venir en aide. Croyez-vous que l'événement ne suscitera pas bien des commentaires désagréables pour Sophia ?

— En quoi l'opinion des gens nous intéresse-t-elle ?

Clemency posait la question d'une lèvre dédaigneuse.

— Nous savons qu'elle vous indiffère, Clemency ! répliqua Edith de Haviland avec vivacité. Mais Sophia, elle, vit dans le monde des vivants. Elle est intelligente, elle a du cœur, je suis sûre que le vieil Aristide a eu parfaitement raison de la choisir pour jouer désormais le rôle de chef de la famille, mais je suis aussi convaincue qu'il serait grand dommage qu'elle ne se montrât point très large en la circonstance et qu'elle laissât Roger sombrer, sans avoir rien tenté pour le sauver !

Roger alla à sa tante, lui jeta les bras autour du cou et l'étreignit.

— Tante Edith, vous êtes un amour... et un rude combattant, mais vous ne comprenez pas ! Clemency et moi, nous savons très bien ce que nous voulons et ce que nous ne voulons pas !

Clemency, debout, les pommettes très roses, regardait les autres d'un air de défi.

— Aucun de vous ne comprend Roger, lança-t-elle. Vous ne l'avez jamais compris et j'imagine que vous ne le comprendrez jamais !... Viens, Roger ! Allons-nous-en !

Ils sortirent. Mr Gaitskill rangeait ses papiers. Son attitude laissait clairement entendre que ce genre de scènes n'avait pas son approbation.

Je regardai Sophia, debout, près de la cheminée, très droite, le menton haut, les traits calmes. Elle était, depuis un instant, l'héritière d'une immense fortune, mais ce n'était pas à cela surtout que je pensais. Je songeais à la solitude où elle se trouvait maintenant. Entre sa famille et elle, une barrière s'élevait soudain. Elle était séparée des autres et quelque chose, dans son attitude, me disait que le fait ne lui échappait pas et qu'elle l'acceptait, avec toutes ses conséquences. Le vieux Leonidès lui avait placé un fardeau sur les épaules, sûr qu'elles seraient assez solides pour le porter. Sophia ne se dérobait pas. Mais, à ce moment-là, elle m'inspirait un peu de pitié.

Elle n'avait encore rien dit — on ne lui en avait guère laissé l'occasion — mais l'instant ne tarderait pas où il lui faudrait parler. Déjà, sous l'affection des siens, je devinais une hostilité latente, pressentie une première fois tout à l'heure, lors de l'aimable, mais malicieuse, petite comédie jouée par Magda.

Après s'être raclé le gosier, Mr Gaitskill prononça

quelques phrases, dont il avait évidemment pesé les termes.

— Vous me permettrez, ma chère Sophia, de vous présenter toutes mes félicitations. Vous êtes maintenant une femme riche, extrêmement riche. Je vous conseillerai de ne prendre... aucune décision précipitée. Je puis vous avancer tout l'argent liquide dont vous pouvez avoir besoin dans l'immédiat, pour les dépenses courantes. Si vous désirez discuter avec moi des arrangements à prendre pour l'avenir, je me ferai une joie de mettre mes lumières à votre service. Prenez votre temps, réfléchissez et, le moment venu, téléphonez-moi à mon cabinet de Lincoln's Inn.

— Pour Roger...

Edith de Haviland n'eut pas le temps de poursuivre. Gaitskill répondait à ce que l'obstinée vieille demoiselle allait dire.

— Roger doit se défendre tout seul. Il est assez grand pour ça, puisqu'il a, si je ne m'abuse, cinquante-quatre ans. Aristide Leonidès l'a parfaitement jugé : Roger n'a jamais été un homme d'affaires... et il n'y a pas de raison que ça change !

Le regard tourné vers Sophia, il ajouta :

— Si vous renflouez l'Associated Catering, n'allez pas vous imaginer que Roger fera d'elle une affaire prospère !

— Je n'ai nullement l'intention de renflouer l'Associated Catering.

Sophia parlait pour la première fois. D'une voix brève et un peu sèche. Elle ajouta :

— Ce serait une pure stupidité.

Gaitskill la considéra un instant, par-dessous ses sourcils, sourit pour lui-même, puis, après avoir adressé à tout le monde un « au revoir » collectif, se retira.

Il y eut un moment de silence. Brusquement Philip se leva.

— Il faut que je retourne à ma bibliothèque. Je n'ai que trop perdu de temps.

— Père...

Il y avait, dans la voix de Sophia, comme une

prière. Philip, se retournant, lança à sa fille un regard chargé d'hostilité.

— Tu m'excuseras de ne point te présenter mes félicitations, mais je m'en sens incapable. Je n'aurais pas cru que mon père m'aurait infligé une telle humiliation, méconnaissant par là la dévotion... je ne vois pas d'autre mot... que je lui ai portée, d'un bout à l'autre de mon existence.

Pour la première fois, son calme l'abandonnait.

— Comment a-t-il pu me faire cela ?... Il n'a jamais été juste avec moi. Jamais ! il...

Edith de Haviland lui coupa la parole.

— Non, Philip, il ne faut pas croire ça ! Aristide n'a voulu humilier personne. Mais les vieilles gens se tournent volontiers vers la jeunesse... et il avait, lui, un sens très aigu des affaires. C'est souvent qu'il m'a dit qu'avant de mourir un homme avait le devoir...

Philip, à son tour, interrompit sa tante.

— Il ne s'est jamais soucié de moi !... Il n'y en avait que pour Roger ! Roger par-ci, Roger par-là !

Une expression que je ne lui avais jamais vue déformant ses traits, il ajouta sarcastique :

— Ce qui me console, c'est qu'il s'est tout de même rendu compte que Roger n'était pas un phénix ! Roger se trouve logé à la même enseigne que moi !

— Et moi, alors, qu'est-ce que je dirais ?

C'était Eustace qui intervenait. Jusqu'alors, j'avais à peine remarqué sa présence. Je le regardai. L'émotion le faisait trembler et son visage était cramoisi. Il avait, me semblait-il, des larmes dans les yeux.

— C'est honteux ! poursuivit-il d'une voix qui me perçait le tympan. Comment grand-père a-t-il pu me faire ça ? Comment a-t-il osé ? J'étais son unique petit-fils et, à cause de Sophia, il fait comme si je n'existais pas ! C'est injuste et je le déteste ! Oui, je le déteste ! Et, je peux vivre cent ans, je ne lui pardonnerai jamais ! Ce vieux tyran ! Sa mort, je l'ai bien souhaitée ! Ce que j'ai pu désirer le voir hors de cette maison et être enfin mon propre maître ! Et, maintenant, non seulement c'est Sophia qui va me faire tourner à sa fantaisie, mais en plus j'ai l'air d'un imbécile ! Je voudrais être mort...

Sa voix se brisait. Il quitta la pièce, fermant la porte sur lui avec fracas. Edith de Haviland fit claquer sa langue et dit :

— Cet enfant ne sait pas se dominer.

— Je comprends fort bien ce qu'il ressent ! déclara Magda.

— Je n'en doute pas ! répliqua Edith d'un ton acide.

— Le pauvre chéri ! Il faut que j'aille le consoler...

— Voyons, Magda...

Edith sortit sur les talons de Magda. Sophia restait debout devant Philip. Il s'était repris et avait recouvré tout son calme. Son regard demeurait de glace.

— Tu as bien joué ta partie, Sophia !

Ayant dit, il se retira.

Sophia se tourna vers moi et je la pris dans mes bras.

— Il n'aurait pas vous dû dire ça, chérie ! C'est tellement méchant !

Elle eut un sourire un peu triste.

— Il faut se mettre à leur place !

— Je sais. Mais votre vieux brigand de grand-père aurait dû prévoir tout ça...

— Il l'a prévu, Charles. Mais il s'est dit aussi que je tiendrais le coup... et je le tiendrai. Ce qui m'ennuie, c'est le mécontentement d'Eustace !

— Il passera.

— Je me le demande. Il est de ceux qui remâchent leurs griefs. Et je suis navrée que mon père se croie humilié !

— Votre mère, elle, est parfaite !

— Malgré ça, elle n'est qu'à moitié contente. Dame, ça l'embête un peu, parce que c'est tout de même peu ordinaire de se dire que c'est à sa fille qu'il lui faudra demander de l'argent pour monter des pièces ! Elle ne tardera guère, je le parierais, à me parler de celle d'Edith Thompson.

— Et que lui répondrez-vous ? Si ça doit lui faire tant plaisir...

Sophia rejeta la tête en arrière pour me regarder dans les yeux.

— Je lui répondrai non ! La pièce ne vaut pas un

clou et le rôle n'est pas pour maman. Ce serait jeter l'argent par les fenêtres !

Je souris. Ce fut plus fort que moi. Elle fronça le sourcil.

— Ça vous paraît drôle ?

— Non, Sophia. Seulement, je commence à comprendre pourquoi c'est à vous que le grand-père a laissé sa fortune.

## 21

A ce moment-là, je n'avais qu'un regret : l'absence de Joséphine, qui aurait vécu là des minutes qui l'eussent enchantée.

Son rétablissement était rapide et nous attendions son retour d'un jour à l'autre. Ce qui ne l'empêcha pas de manquer encore un événement d'importance.

J'étais dans le jardin, un matin, avec Sophia et Brenda, lorsque s'arrêta devant la porte d'entrée une voiture d'où descendirent l'inspecteur Taverner et le sergent Lamb. Ils gravirent le perron et pénétrèrent dans la maison.

Brenda, immobile, semblait ne pouvoir détacher ses yeux de l'auto.

— Encore eux ! dit-elle. Je croyais qu'ils avaient renoncé, que tout était fini...

Je remarquai qu'elle frissonnait.

Elle était venue nous rejoindre une dizaine de minutes plus tôt. Frileusement enveloppée dans son manteau de chinchilla, elle nous avait dit : « Si je ne vais pas un peu au grand air et ne prends pas quelque exercice, je finirai par devenir folle ! Or, s'il m'arrive de franchir la grille, un reporter surgit qui me tombe dessus et me harcèle de questions. Ça ne finira donc jamais ? » Sophia lui avait répondu qu'elle était convaincue que les journalistes ne tarderaient pas à se lasser. Sur quoi, brusquement, sans transition, Brenda lui dit :

— Dites-moi, Sophia ! Vous avez renvoyé Laurence. Pourquoi ?

— Uniquement, répondit Sophia, parce que, Joséphine devant aller en Suisse, nous prendrons de nouveaux arrangements pour Eustace.

— Laurence est consterné. Il a le sentiment que vous n'avez pas confiance en lui...

La conversation en était là à l'arrivée de la voiture de Taverner.

— Que peuvent-ils vouloir ? murmurait Brenda. Pourquoi sont-ils revenus ?

Je croyais bien le savoir. Je n'avais rien dit à Sophia des lettres que j'avais trouvées derrière la citerne D.P.P. (1).

Taverner, sortant de la maison, traversait la pelouse pour venir à nous. Brenda, nerveuse, répétait :

— Que peut-il nous vouloir ? Que peut-il nous vouloir ?

Ce fut à elle que Taverner s'adressa, parlant avec courtoisie, mais de sa voix la plus officielle :

— J'ai, madame, un mandat d'arrestation vous concernant. Vous êtes accusée d'avoir, le 19 septembre dernier, administré de l'ésérine à Aristide Leonidès, votre époux. Il est de mon devoir de vous prévenir que tout ce que vous pourrez dire désormais pourra être utilisé au procès.

Brenda s'effondra. Accrochée à mon bras, elle pleurait, protestant de son innocence, criant qu'elle était victime d'un complot et m'adjurant de ne pas laisser Taverner l'emmener.

— Je n'ai rien fait !... Je n'ai rien fait !

La scène était horrible. J'essayai de calmer Brenda, lui disant que je m'occuperais de lui procurer un défenseur, qu'il fallait qu'elle conservât calme et sang-froid, et que son avocat arrangerait tout. Taverner la prit doucement par le coude.

— Venez, madame ! Vous ne tenez pas à avoir un chapeau, n'est-ce pas ? Alors, allons-nous-en tout de suite ?

Elle leva la tête vers lui.

— Et Laurence ?

(1) Le « Director of Public Prosecutions », le magistrat qui décide des poursuites.

— Mr Laurence Brown est, lui aussi, en état d'arrestation, dit Taverner.

Dès lors, elle ne lutta plus. Ses forces semblaient épuisées et on aurait dit que son corps s'était soudain comme « tassé ». Des larmes coulant sur ses joues, elle s'éloigna avec Taverner, traversant la pelouse pour aller à la voiture. Au même instant, je vis Laurence qui sortait de la maison, avec le sergent Lamb. Tous montèrent dans l'auto, qui reprit aussitôt la route de Londres.

Je respirai profondément et me tournai vers Sophia Elle était très pâle.

— C'est horrible ! murmura-t-elle.

— C'est bien mon avis.

— Il faut absolument lui procurer un excellent avocat, le meilleur qui se puisse trouver !

— Ces choses-là, dis-je, on n'imagine pas à quoi cela ressemble ! C'est la première fois que j'assiste à une arrestation.

— Oui, on n'imagine pas...

Nous restâmes un long moment silencieux. Je songeais à ce désespoir que j'avais vu sur le visage de Brenda, alors qu'elle nous quittait. Il me rappelait quelque chose dont je me souvins brusquement. Cette même expression d'horreur, je l'avais vue à Magda Leonidès, le jour de ma première visite à « Three Gables », alors qu'elle parlait de la pièce d'Edith Thompson.

— Jusqu'au moment, avait-elle dit, où je ferai passer sur la salle un frisson de terreur.

De la terreur ! C'était cela, uniquement, que reflétait la physionomie de Brenda. La pauvre fille n'était pas une lutteuse. Qu'elle eût jamais eu assez de cran pour tuer, j'en doutais fort. Il était très probable que, le crime, elle ne l'avait pas commis elle-même. C'était vraisemblablement Laurence Brown qui, pour libérer la femme qu'il aimait, avait accompli les gestes nécessaires. Vider le contenu d'un petit flacon dans un autre, c'était si simple, si facile à faire !

— Ainsi, reprit Sophia, c'était terminé !

Elle poussa un long soupir.

— Mais, me demanda-t-elle, pourquoi les arrête-t-on

maintenant ? Je croyais que les preuves manquaient.

— On en a trouvé quelques-unes, répondis-je. Des lettres.

— Des lettres d'amour qu'ils échangeaient ?

— Exactement.

— Faut-il que les gens soient bêtes pour conserver ça !

Vérité incontestable, évidemment. C'est idiot. Il n'est personne qui le conteste. Et, pourtant, il suffit d'ouvrir un journal pour constater que quelque pauvre échantillon d'humanité a, une fois encore et après tant d'autres, fait son malheur parce qu'il a voulu, lui aussi, se donner la satisfaction de conserver la preuve écrite de l'amour de l'être pour lequel il s'est perdu.

— Oui, Sophia, dis-je, tout cela est horrible ! Mais à quoi bon épiloguer là-dessus ? Après tout, les choses ne finissent-elles pas comme nous l'avons toujours espéré ? Avez-vous donc oublié ce que vous m'avez dit, chez Mario, le soir même de mon retour à Londres ? Vous m'avez dit alors que tout irait bien si votre grand-père avait été tué par le « bon assassin ». Le « bon » assassin, n'était-ce pas elle ? Elle ou Laurence ?

— N'insistez pas, Charles ! C'est horrible.

— Ça ne doit pas nous empêcher de raisonner ! Maintenant, Sophia, rien ne s'oppose plus à notre mariage. Vous n'avez plus aucune raison de le différer. La famille Leonidès n'est plus dans le coup !

Elle posa ses yeux dans les miens. Jamais le bleu de son regard ne m'avait si vivement frappé.

— Est-ce bien sûr, Charles ?

— Aucun de vous, ma chère enfant, c'est l'évidence même, n'avait l'ombre d'un mobile !

Elle était devenue livide.

— Aucun de nous, Charles, sauf moi ! J'avais un mobile.

— Oui, si l'on veut...

J'étais stupéfait. Je poursuivis :

— Si l'on veut... Mais en réalité, vous n'en aviez pas. Vous ne connaissiez pas les dispositions du testament.

Elle dit, dans un souffle :

— Mais si, Charles ! J'étais au courant.

— Hein ?

Mon sang se glaçait.

— J'ai toujours su que c'était à moi que grand-père laissait sa fortune.

— Mais d'où le teniez-vous ?

— Il me l'avait dit, une quinzaine de jours avant sa mort. Sans préambule, comme ça ! « Sophia, c'est toi qui auras tout ce que je possède. C'est toi qui veilleras sur la famille quand je ne serai plus. »

— Et vous ne m'aviez jamais dit ça ?

— Non. Vous comprenez, quand il a été question de ce testament qu'il avait signé devant tout le monde, j'ai pensé que peut-être il s'était trompé et que, contrairement à ce que je croyais, il ne m'avait nullement laissé toute sa fortune. Ou bien que ce testament, qui faisait de moi son héritière, était perdu et ne serait jamais retrouvé. Personnellement, je ne tenais pas à ce qu'il le fût ! J'avais trop peur...

— Trop peur ? Mais de quoi ?

— Je ne sais pas. Peut-être d'être accusée du meurtre...

Je me souvins du visage terrorisé de Brenda et de l'expression horrifiée que Magda avait donnée à sa physionomie et bannie au commandement, lorsqu'elle avait parlé devant moi de ce rôle de meurtrière qu'elle désirait jouer. Sophia, quoi qu'il arrivât, ne s'affolerait pas. Mais, esprit réaliste, elle se rendait compte qu'elle était suspecte, du fait même qu'elle connaissait les intentions du vieux Leonidès à son endroit. Je comprenais mieux maintenant — c'était, du moins, mon impression — pourquoi elle avait ajourné nos fiançailles et insisté pour que je découvrisse la vérité. Cette vérité, il était indispensable qu'elle la connût. « Je ne serai tranquille, m'avait-elle dit, que lorsque je saurai exactement ce qui s'est passé ! »

Nous allions vers la maison, soudain je me souvins qu'au cours de la même conversation, elle me déclara avoir le sentiment d'être capable d'assassiner quelqu'un. Mais elle ajouta : « Seulement, il faudrait vraiment que cela en valût la peine ! »

## 22

Roger et Clemency, cependant, marchaient allégrement à notre rencontre. Son costume de tweed, très ample, allait à Roger infiniment mieux que le sévère veston que je lui avais vu si souvent. Il semblait très surexcité. Clemency paraissait soucieuse.

— Alors, s'écria Roger, ça y est tout de même ! Je finissais par croire que cette sale femme, ils ne se résoudraient jamais à l'arrêter ! Ce qu'ils attendaient, je me le demande. Quoi qu'il en soit, c'est fait ! Ils ont également coffré son petit ami... et j'espère bien qu'ils seront pendus tous les deux !

Clemency plissa le front.

— Roger ! Pourquoi parler comme un sauvage ?

— Comme un sauvage, vraiment ? De sang-froid, on empoisonne un malheureux vieillard qui a en vous toute confiance... et, quand je déclare que je suis très content que les assassins soient pris et que j'espère bien qu'ils seront punis comme ils le méritent, c'est moi qu'on traite de sauvage ! Je regrette, mais cette femme, je l'étranglerais volontiers de mes propres mains !

Il ajouta :

— Vous étiez avec elle quand on l'a arrêtée, n'est-ce pas ? Comment a-t-elle pris ça ?

Sophia répondit, à voix très basse :

— C'était horrible ! Elle mourait de peur.

— Bien fait pour elle !

— Roger !

Roger se tourna vers sa femme.

— Je sais, ma chérie, mais tu ne peux pas comprendre. Ce n'était pas ton père ! C'était mon père et je l'aimais ! Tu comprends ? Je l'aimais.

— Si je ne te comprends pas, après ça !

Plaisantant à demi, Roger poursuivit :

— La vérité, Clemency, c'est que tu manques d'imagination. Suppose que ce soit moi qui ai été empoisonné...

Je vis battre les paupières de Clemency.

— Même pour rire, je ne veux pas que tu dises des choses comme ça !

Il sourit.

— Très bien ! Je n'insiste pas. D'ailleurs, chérie, dans quelque temps, nous serons bien loin de tout ça !

Nous nous remîmes en route, tous les quatre, vers la maison. Roger et Sophia marchaient devant. Je formais l'arrière-garde avec Clemency.

— Croyez-vous, me demanda-t-elle, que maintenant on nous laissera partir ?

— Vous êtes si pressés de vous en aller ?

— Je n'en puis plus !

Je la regardai, surpris. Elle soutint mon regard avec un pauvre sourire.

— Vous ne vous êtes donc pas aperçu, Charles, que je ne cesse pas de me battre ? Pour mon bonheur et pour celui de Roger. J'ai eu si peur que sa famille ne finisse par le persuader de rester en Angleterre et que nous ne nous retrouvions en définitive englués de nouveau avec tous les autres, paralysés par mille liens que j'abomine ! Je craignais que Sophia ne lui offrît une rente, qui l'aurait décidé à ne pas quitter l'Angleterre. A cause de moi, bien entendu. Du confort, des facilités, dont il s'imagine que j'ai besoin. L'ennui, avec Roger, c'est qu'il n'écoute jamais ce qu'on lui dit. Il se met des idées dans la tête... et ce ne sont jamais les bonnes ! Il ignore tout et il est trop Leonidès pour ne pas s'imaginer que le bonheur d'une femme dépend de son mobilier et de l'argent qu'elle peut dépenser. Mais, mon bonheur, je le veux et je l'aurai, quel que soit le combat à livrer ! J'emmènerai Roger loin d'ici et je lui donnerai l'existence qui lui convient, une vie où il n'aura pas le sentiment qu'il lui est impossible de rien réussir ! Roger est à moi et nous fuirons l'Angleterre, et le plus tôt possible !

Elle parlait très vite, d'une voix étouffée, dont l'accent était par instant comme désespéré. Je l'écoutais avec surprise. Elle était à bout. Je ne m'en rendais pas compte auparavant, pas plus que je n'avais deviné l'exaspération de cet amour exclusif qu'elle portait à Roger.

Assez curieusement, cette remarque me remit en mémoire un propos d'Edith de Haviland, laquelle m'avait dit un jour, d'un ton tout particulier, qu'elle aimait les siens sans, toutefois, aller « jusqu'à les idolâtrer ». Ce disant, était-ce à Clemency qu'elle pensait ?

Une voiture s'arrêtait devant le perron.

— Tiens ! m'écriai-je. Voici Joséphine qui nous revient !

Suivie de sa mère, l'enfant descendait de l'auto. Elle avait un bandeau sur le front, mais, pour le surplus, semblait se porter le mieux du monde.

Tout de suite, elle dit :

— Il faut que j'aille voir mon poisson rouge !

Elle se mettait en route vers le bassin. Sa mère la rappela.

— Tu ne crois pas, ma petite chérie, qu'il vaudrait mieux, d'abord, aller t'étendre un peu, te reposer... et, peut-être, manger une bonne soupe qui te donnerait des forces ?

Joséphine ne se laissa pas convaincre.

— Ne vous en faites pas, maman ! Je me sens très bien... et j'ai horreur de la soupe !

Je savais que Joséphine aurait pu quitter l'hôpital depuis quelques jours déjà et que, si on l'y avait gardée plus longtemps qu'il n'eût été nécessaire, c'était sur la discrète recommandation de Taverner, qui, soucieux de ne point lui faire courir de risques, préférait ne pas voir l'enfant de retour à « Three Gables » avant que les assassins présumés n'en fussent éloignés.

— L'air ne peut pas lui faire de mal, dis-je à Magda. Je la rejoins et j'aurai l'œil sur elle !

J'arrivai au bassin en même temps que Joséphine et j'engageai la conversation.

— Il s'est passé toutes sortes de choses durant votre absence !

Elle ne me répondit pas. De ses yeux de myope, elle regardait les poissons.

— Je ne vois pas Ferdinand, dit-elle.

— Ferdinand ? Lequel est-ce ?

— Celui qui a quatre queues.

— C'est une variété amusante. Pour ma part, j'aime bien celui-ci, qui est d'un beau jaune doré.

— Il est d'une espèce bien commune !

— En tout cas, je le préfère à cet autre, qui a l'air d'être mangé aux mites !

Joséphine me lança un coup d'œil plein de mépris.

— C'est un « chebunkin » ! Il vaut très cher...

J'essayai de parler d'autre chose.

— Ça ne vous intéresse donc pas de savoir ce qui s'est passé ici, Joséphine, pendant que vous n'étiez pas là ?

— J'ai idée que je suis au courant.

— Vous savez qu'on a découvert un autre testament et que c'est à Sophia que votre grand-père a laissé toute sa fortune ?

Elle hocha la tête, l'air excédé.

— Maman me l'a dit. D'ailleurs, je le savais !

— On vous l'avait dit à l'hôpital ?

— Non. Ce que je veux dire, c'est que je savais que grand-père laissait tout à Sophia. Du reste, il le lui avait dit.

Tout de suite, elle ajouta :

— Nannie est furieuse quand elle me prend à écouter aux portes. Elle dit que c'est une chose qu'on ne fait pas quand on est une petite dame.

— Elle a tout à fait raison.

Joséphine haussa les épaules.

— Des dames, aujourd'hui, il n'y en a plus ! La radio l'a encore dit, l'autre jour...

Je passai à un autre sujet.

— Dommage que vous ne soyez pas revenue un peu plus tôt ! Vous avez manqué quelque chose : l'arrestation de Brenda et de Laurence par l'inspecteur Taverner.

Je pensais que cette information passionnerait Joséphine, mais elle se contenta de dire, de ce ton blasé qui commençait à m'exaspérer :

— Je suis au courant.

— Mais ce n'est pas possible ! m'écriai-je. Ça s'est passé il n'y a qu'un instant !

— Nous avons croisé la voiture sur la route. Il y

avait dedans l'inspecteur Taverner, un autre policier — celui qui a des souliers de daim — Brenda et Laurence. J'ai compris qu'ils devaient être arrêtés. J'espère que Taverner leur a donné l'avertissement prescrit par la loi. C'était pour lui une obligation.

Je rassurai Joséphine : Taverner n'avait oublié aucune formalité et l'arrestation avait eu lieu dans les formes les plus légales. Comme m'excusant, j'ajoutai :

— J'ai dû parler des lettres à Taverner. Je les avais trouvées derrière la citerne. J'aurais préféré qu'elles fussent remises par vous, mais vous étiez hors de combat !

Délicatement, Joséphine porta la main à son front.

— Je me demande comment je n'ai pas été tuée par le coup ! Je vous avais dit que le second meurtre allait arriver. La chambre aux citernes était un bien mauvais endroit pour cacher ces lettres. Pour moi, j'ai deviné tout de suite, le jour où j'ai vu Laurence qui en sortait. Comme il n'est pas du genre « bricoleur », s'il était allé là, c'était forcément pour y cacher quelque chose !

— Mais je croyais...

Je me tus. Edith de Haviland appelait Joséphine.

Joséphine soupira.

— Il faut que j'y aille ! Avec tante Edith, on ne peut pas se dérober !

Elle partit en courant, traversant la pelouse pour aller retrouver sa tante, avec qui elle échangea quelques mots avant de disparaître dans la maison. Je rejoignis Edith de Haviland sur la terrasse.

Ce jour-là, elle paraissait bien son âge. Toutes ses rides se voyaient et elle semblait terriblement lasse. A mon approche, elle essaya de sourire.

— Cette petite, me dit-elle, n'a pas l'air d'avoir trop souffert de sa mésaventure. Nous n'en devrons pas moins, à l'avenir, la surveiller un peu mieux. Il est vrai que, maintenant, ce sera sans doute moins indispensable.

Après un soupir, elle poursuivit :

— Je suis bien heureuse que tout soit enfin terminé. Mais quel lamentable spectacle ! Quel manque de dignité ! Je suis sans indulgence pour les gens qui s'effondrent et qui pleurnichent ! Ceux-là n'ont aucun cran et c'est ce que je ne leur pardonne pas ! Laurence Brown me faisait penser à un rat pris au piège.

— Pour moi, dis-je, je les plaindrais plutôt.

— Certes ! reprit-elle. J'espère qu'elle saura mettre des chances de son côté, qu'elle aura un bon avocat...

L'attitude de la vieille demoiselle ne me semblait pas moins paradoxale que celle de Sophia. Comme Sophia, elle détestait Brenda et, comme Sophia, elle souhaitait que rien ne fût négligé pour assurer sa défense.

— Quand seront-ils jugés ? me demanda-t-elle.

Je répondis qu'il était bien difficile de le dire. L'affaire instruite, ils seraient vraisemblablement renvoyés devant le tribunal. Ils ne passeraient pas en justice avant trois ou quatre mois, au moins. Naturellement, en cas de condamnation, ils feraient appel.

— Pensez-vous, reprit-elle, qu'ils seront condamnés ?

— Je ne saurais dire. Il faudrait savoir quelles preuves on a de leur culpabilité. Je sais qu'il y a des lettres...

— Des lettres d'amour ? Ils étaient donc amants ?

— Ils s'aimaient.

Le visage d'Edith s'assombrit encore.

— Tout cela m'ennuie beaucoup, Charles ! Je n'ai aucune sympathie pour Brenda et je puis même dire que, dans le passé, je l'ai détestée. J'ai tenu sur son compte des propos sévères, mais, aujourd'hui, j'estime qu'il faut lui donner des chances, toutes ses chances. Aristide l'aurait souhaité, comme je le fais. Il est, je pense, de mon devoir de veiller à ce qu'elle ne soit victime d'aucune injustice !

— Et Laurence ?

Elle eut un petit mouvement d'impatience.

— Laurence est un homme. A lui de se débrouiller ! Mais, pour Brenda, Aristide ne nous pardonnerait jamais de...

Elle laissa sa phrase inachevée.

— Il est presque l'heure de déjeuner, reprit-elle. Rentrons !

Je lui dis que je me rendais à Londres.
— En auto ?
— Oui.
— Me prendriez-vous avec vous ? J'ai cru comprendre que nous avions maintenant l'autorisation de bouger.
— Je vous emmènerais volontiers, mais je crois que Magda et Sophia vont à Londres cet après-midi. Vous serez mieux installée dans leur voiture que dans ma petite deux-places.
— Je ne tiens pas à aller avec elles. Partons et n'alertons personne !
Encore que très surpris, j'acceptai. En chemin, nous n'échangeâmes que de rares paroles. Je lui demandai où elle désirait être déposée.
— Dans Harley Street [1].
La réponse m'inquiéta, mais je ne le laissai pas voir. Elle poursuivit :
— Ou, plutôt, non ! Il est trop tôt. Laissez-moi chez Debenhams. Je déjeunerai là et j'irai à Harley Street en sortant de table.
— J'espère que...
Ma phrase en restait là. Edith vint à mon secours.
— C'est justement pour ça que je ne voulais pas venir avec Magda. Elle fait un drame avec rien !
— Je suis navré...
Elle s'interrompit.
— Vous auriez tort ! J'ai eu une très belle vie. Très belle...
Avec un sourire, elle ajouta :
— Et ce n'est pas fini !

## 23

Depuis plusieurs jours je n'avais pas vu mon père. Je le trouvai occupé de tout autre chose que de l'affaire Leonidès et je me mis en quête de Taverner.

(1) Harley Street, la rue des grands médecins.

L'inspecteur, qui avait quelques instants de loisirs, accepta de venir boire quelque chose avec moi. Mon premier soin fut de le féliciter d'avoir élucidé le mystère de « Three Gables ». Mes congratulations lui firent plaisir. Il ne paraissait, cependant, qu'à demi satisfait.

— Quoi qu'il en soit, me dit-il, c'est fini et l'accusation tient debout ! On ne peut pas prétendre le contraire.

— Croyez-vous qu'ils seront condamnés ?

— Impossible à dire. Ainsi qu'il arrive presque toujours dans les affaires de meurtre, parce qu'il ne peut guère en aller autrement, nous n'avons que des preuves indirectes. Tout dépendra de l'impression qu'ils feront sur les jurés !

— Les lettres constituent-elles une charge sérieuse ?

— A première vue, oui. On trouve dans plusieurs des allusions à ce que sera leur vie à tous deux lorsque le vieux sera mort. Des phrases comme : « Ce ne sera plus long maintenant ! » Naturellement, la défense ergotera. Elle fera valoir que c'est là une formule très innocente, que Leonidès était si vieux que sa femme pouvait raisonnablement penser qu'il ne tarderait pas à mourir de sa belle mort. Jamais, il n'est, noir sur blanc, question de poison, mais il y a des passages qui peuvent être interprétés de façon très fâcheuse pour les accusés. Tout dépendra du juge. Si nous avons le vieux Carberry, leur compte est bon ! Il ne pardonne jamais à la femme adultère. J'imagine que c'est Eagles ou Humphrey Kerr que nous trouverons au banc de la défense. Humphrey, dans les affaires comme celle-là, est extraordinaire. Seulement, il aime bien que la tâche lui soit facilitée par les brillants états de service militaire de son client. Avec un objecteur de conscience, il sera moins étincelant qu'à l'habitude. Quant à l'impression qu'ils feront sur les jurés, on ne peut rien prévoir. Avec les jurés, on ne sait jamais ! Ce qu'on peut dire, c'est qu'ils ne sont ni l'un ni l'autre, très sympathiques. Elle, c'est une jolie femme qui a épousé un très vieil homme pour son argent, et lui un objecteur de conscience qui aurait tendance à faire de la neurasthénie. Le crime est banal en soi, tellement conforme aux traditions qu'on se demande comment ils n'ont pas imaginé autre chose ! Bien entendu, il se peut qu'ils prétendent qu'il est seul coupable et qu'elle a tout ignoré ou, au contraire, que c'est elle qui a tout fait et que lui ne savait rien. Il n'est pas impossible non plus qu'ils disent avoir agi de concert.

— Vous, que croyez-vous ?

Taverner tourna vers moi un visage hermétique.

— Moi, je ne crois rien du tout ! J'ai établi des faits, j'ai adressé un rapport au D.P.P. et il a été décidé qu'il y avait lieu de poursuivre. Un point, c'est tout. J'ai fait mon devoir et le reste ne me regarde pas. Vous vouliez connaître ma position, la voilà !

J'étais renseigné, mais je quittai Taverner avec la conviction qu'il y avait dans tout cela quelque chose qui ne lui plaisait pas.

Ce fut seulement trois jours plus tard qu'il me fut donné de dire au paternel ce que j'avais sur le cœur. Il ne m'avait jamais parlé de l'affaire. En vertu d'un accord tacite, dont je connaissais les raisons, nous évitions d'aborder ce sujet. Ce jour-là, je l'attaquai résolument.

— Il faut tirer ça au clair ! dis-je. Taverner n'est nullement convaincu que ce sont bien les coupables qui ont été arrêtés... et tu ne l'es pas plus que lui !

Mon père secoua la tête et m'objecta que la question n'était pas de sa compétence. Un point lui paraissait acquis, qu'on ne pouvait contester : l'accusation était solide.

— Mais, répliquai-je, tu ne crois pas à leur culpabilité ! Et Taverner non plus !

— C'est au jury qu'il appartient de décider !

— Je le sais bien ! m'écriai-je. Mais ce qui m'intéresse, c'est ton opinion personnelle !

— Mon opinion personnelle, Charles, n'a pas plus d'importance que la tienne.

— Pardon ! Ton expérience...

— Bon. Eh bien ! je serai honnête avec toi. A franchement parler, je ne sais pas !

— Tu crois qu'ils pourraient être coupables ?

— Certainement.
— Mais tu ne saurais dire que tu en es sûr ?
Le « pater » haussa les épaules.
— Sûr, l'est-on jamais ?
— Ne me dis pas ça ! Il y a des fois où tu étais sûr de la culpabilité de tes bonshommes ! Absolument sûr ! Non ?
— C'est arrivé quelquefois. Mais pas toujours !
— Et cette fois-ci, tu ne l'es pas !
— Je voudrais bien l'être.
Nous restâmes silencieux. Je pensais à ces deux silhouettes que j'avais aperçues dans le soir qui tombait, fuyantes et craintives, presque dès mon arrivée à « Three Gables ». Dès le premier jour, Brenda et Laurence me donnèrent l'impression qu'ils avaient peur de quelque chose. N'était-ce pas parce qu'ils ne se sentaient pas la conscience tranquille ? Je me posais la question et j'étais obligé de me répondre : « Pas nécessairement ! » Ils avaient, l'un et l'autre, peur de la vie. Parce qu'ils manquaient de confiance en eux-mêmes, parce qu'ils savaient ne pas être capables d'éviter les dangers qui les menaçaient, parce qu'ils ne se rendaient que trop bien compte que leurs coupables amours pouvaient, à tout moment, les conduire au crime.
Mon père reprit, d'une voix grave et douce à la fois :
— Voyons, Charles ! Regardons les choses en face. Tu persistes à penser que l'assassin est un membre de la famille ?
— A vrai dire, non. Je me le demande seulement.
— Tu le penses, Charles. Tu te trompes peut-être, mais tu le penses !
— C'est vrai.
— Pourquoi ?
— Parce que...
Essayant de voir clair en moi, j'hésitais. La phrase se forma presque à mon insu.
— Parce que c'est ce qu'ils pensent eux-mêmes !
— Ce qu'ils pensent eux-mêmes ! Intéressant. Très intéressant. Veux-tu dire par là qu'ils se suspectent

mutuellement ou qu'ils connaissent effectivement le coupable ?

— Je ne saurais dire. Tout ça est très nébuleux, très confus... Dans l'ensemble, j'ai assez l'impression qu'ils font tout ce qu'ils peuvent pour oublier quel est le vrai coupable.

Après un silence, j'ajoutai :

— Une exception, pourtant : Roger. Il est absolument convaincu que c'est Brenda qui a tué et souhaite de tout son cœur qu'elle soit pendue. Sa conversation est... reposante : il est simple, direct, sans arrière-pensées. Les autres, au contraire, semblent mal à l'aise et ont l'air de s'excuser. Ils tiennent à être sûrs que Brenda aura un défenseur de premier ordre, que tout sera fait pour qu'elle ne puisse être condamnée injustement. Pourquoi ?

— Evidemment, répondit mon père, parce qu'au fond ils ne croient pas qu'elle soit coupable.

Puis, très calme, il dit :

— Mais, alors, qui a tué ? Tu leur as parlé. Quel serait, selon toi, le coupable le plus plausible ?

— Je n'en sais rien... et c'est bien ce qui me rend fou ! Aucun d'eux ne ressemble, de près ou de loin, à un assassin et, pourtant, l'assassin, c'est l'un d'eux !

— Sophia ?

— Grands dieux, non !

— C'est pourtant une hypothèse à laquelle tu songes, Charles ! Inutile de nier. Et tu y songes d'autant plus que tu ne veux pas l'admettre ! *Quid* des autres ? Philip ?

— Ses mobiles seraient fantastiques !

— Il y a des mobiles qui sont fantastiques comme il y en a qui sont absurdes, parce que presque inexistants. Quels seraient les siens ?

— Il est amèrement jaloux de Roger. Il l'a été toute sa vie. Son père a toujours eu une préférence pour Roger et Philip en a beaucoup souffert. Roger allait faire le plongeon. Le vieil Aristide l'a appris et a promis à Roger d'arranger ses affaires. Admettons que la chose soit venue aux oreilles de Philip. Que le vieux meure dans la nuit et Roger devra se passer du secours qu'il attend. Il sera bel et bien liquidé. Oh ! je sais que c'est idiot...

Le « pater » protesta.

— Mais pas du tout ! On voit des choses comme ça. Elles sont anormales, inhabituelles, mais humaines. Elles arrivent. Passons à Magda !

— Elle, c'est une enfant ! Le réel lui échappe. A la vérité, sa culpabilité ne m'aurait jamais paru possible si je n'avais été très surpris de sa hâte à vouloir expédier Joséphine en Suisse. Je n'ai pu m'empêcher de penser qu'elle avait peur que la petite sût ou dît quelque chose...

— Et finalement, Joséphine a pris un grand coup sur la tête !

— Ce n'est évidemment pas sa mère qui...

— Et pourquoi pas ?

— Mais, papa, parce qu'une mère...

— Tu ne lis donc jamais les faits divers, Charles... C'est tous les jours qu'une mère prend en grippe un de ses enfants. Généralement, elle continue à aimer les autres. Mais celui-là, pour une raison qu'il est souvent bien difficile de déterminer, elle le déteste, elle le hait...

— Elle appelait Joséphine sa « petite niaise », dis-je un peu à regret.

— Ça ennuyait l'enfant ?

— Je ne crois pas.

— Qu'y a-t-il encore ? Roger ?

— Roger n'a pas tué son père. J'en suis sûr !

— Alors, laissons-le de côté ! Sa femme... Comment s'appelle-t-elle donc ?... Clemency ?

— Si elle a assassiné le vieux Leonidès, elle, c'est encore pour une raison bien étrange !

Je racontai à mon père mes conversations avec Clemency, disant qu'il était possible qu'elle eût empoisonné son beau-père, à seule fin de pouvoir emmener Roger très loin de l'Angleterre.

— Elle avait réussi à convaincre Roger de partir sans prévenir son père. Là-dessus, le vieux apprend que son fils va déposer son bilan et décide de renflouer l'Associated Catering. Tous les espoirs, tous les plans de Clemency sont par terre du coup. Et elle adore son mari. Je dirai même qu'elle l'idolâtre !

— Tu reprends les mots d'Edith de Haviland.

— C'est juste. Celle-là aussi pourrait bien avoir tué, mais je ne saurais dire pourquoi. Je crois seulement que, si elle jugeait nécessaire de prendre la loi entre ses mains, elle considérerait que c'est là une raison justifiant pour elle toutes les décisions. Elle est comme ça !

— Et elle tient, elle aussi, à ce que Brenda soit bien défendue ?

— Oui. Question de conscience probablement. Je ne pense pas, si elle a tué, qu'elle souhaitait qu'un autre fût accusé.

— Aurait-elle été capable d'assommer Joséphine ?

— Ça, je ne peux pas le croire ! Ça me fait penser que Joséphine m'a dit quelque chose qui m'a tracassé un bon moment, que je voudrais bien retrouver, mais qui m'est malheureusement sorti de l'esprit. Je sais seulement que ça ne collait pas avec tout le reste...

— Ça te reviendra ! Ne cherche pas ! Tu ne vois rien d'autre ?

— Si ! Des tas de choses ! Es-tu renseigné sur la paralysie infantile ? Sur les répercussions qu'elle peut avoir sur le caractère du malade ?

— C'est à Eustace que tu penses ?

— Oui. Plus j'y songe, plus il me semble qu'il pourrait fort bien avoir tué son grand-père. Il le haïssait. Avec ça, il est bizarre, lunatique. Pas normal, quoi !... Dans la famille, c'est le seul que je voie très bien assommant Joséphine de sang-froid, si la petite savait quelque chose sur lui. Et, s'il y avait quelque chose à savoir, elle le savait. Cette enfant sait tout. Elle prend des notes sur un petit carnet noir...

Je m'interrompis.

— Sacristi ! m'écriai-je. Ce que je peux être bête !

— Qu'est-ce qu'il se passe ?

— Je me souviens de ce qui ne collait pas. Taverner et moi, nous avons admis comme un seul homme que, si l'on avait mis à sac la chambre de Joséphine, c'était parce qu'on cherchait les fameuses lettres que tu sais.

Je pensais alors que la petite, ayant mis la main dessus, les avait cachées dans la chambre aux citernes. Mais, l'autre jour, quand j'ai bavardé avec elle, elle m'a déclaré que c'était Laurence qui les avait placées où je les ai trouvées. Elle l'a vu sortir du grenier. Elle est allée voir ce qu'il avait pu faire là, elle a découvert les lettres, elle les a lues, mais elle les a laissées où elles étaient !

— Et alors ?

— Alors ? Ce n'était donc pas les lettres qu'on cherchait dans la chambre de Joséphine. C'était autre chose !

— Et cette autre chose...

— C'était son petit carnet noir ! Mais je ne crois pas qu'on l'ait trouvé. Joséphine doit toujours l'avoir. Seulement, dans ce cas...

Je m'étais levé à demi.

— Dans ce cas, dit mon père, elle est toujours menacée. C'est ce que tu allais dire ?

— Oui. Elle ne sera vraiment hors de danger que lorsqu'elle sera partie pour la Suisse. Je t'ai dit qu'il était question de l'envoyer là-bas.

— Il lui plaît, ce projet ?

— Je ne pense pas.

— Alors, dit mon père d'un ton assez sec, elle n'ira sans doute pas. Mais, en ce qui concerne le danger, il existe et tu ferais peut-être bien de retourner là-bas le plus tôt possible.

J'étais affolé.

— Tu penses à Eustace ?... A Clemency ?

Mon père me sourit gentiment.

— A mon sens, Charles, les faits pointent tous dans une même direction et je m'étonne que tu ne t'en rendes pas compte. Je...

Glover entrebâilla la porte.

— Excusez-moi, monsieur Charles, on vous demande à l'appareil ! C'est miss Leonidès qui téléphone de Swinly. Il paraît que c'est très urgent...

J'avais l'impression de revivre une scène horrible. S'agissait-il d'un nouvel attentat contre Joséphine ? Et, cette fois, réussi ?

Je courus au téléphone.

— Allô, Sophia ?
— C'est vous, Charles ?
Il y avait, dans la voix de Sophia, une sorte de désespoir. Elle poursuivit :
— Rien n'est terminé, Charles ! L'assassin est toujours ici !
— Que voulez-vous dire ?... Il s'est passé quelque chose ?... Joséphine ?...
— Ce n'est pas Joséphine. C'est Nannie !
— Nannie ?
— Oui. Il y avait du chocolat... Le chocolat de Joséphine... Elle ne l'avait pas bu et il était resté sur la table. Nannie n'a pas voulu le laisser perdre. Elle l'a bu...
— Pauvre Nannie ! Elle est très mal ?
La voix de Sophia se brisa.
— Oh ! Charles... Elle est morte.

## 24

Nous nous retrouvions en plein cauchemar.
La voiture nous emportait, Taverner et moi, vers « Three Gables » et j'avais l'impression de revivre des minutes que j'avais déjà vécues aux côtés de l'inspecteur. Cette randonnée ressemblait tellement à une autre que nous avions faite ensemble peu auparavant !
De temps à autre, il jurait. Pour moi, à intervalles presque réguliers, je répétais stupidement une même phrase : « Ainsi, ce n'était pas Laurence et Brenda ! »
A dire le vrai, avais-je jamais cru à leur culpabilité ? J'avais été heureux de faire semblant d'y croire. Parce que ça m'arrangeait, parce que cela m'épargnait d'envisager d'autres hypothèses, auxquelles je ne voulais même pas songer.
Ils s'aimaient. Romanesques, ils s'étaient écrit des lettres débordant de sentimentalité et passablement ridicules. Ils s'étaient laissé aller à espérer que le vieil époux de Brenda ne tarderait pas à s'éteindre en paix, mais on pouvait se demander s'ils avaient vraiment

souhaité sa mort. J'avais comme une vague idée, que l'un comme l'autre, ils devaient, au fond d'eux-mêmes, préférer les traverses et les désespoirs d'un amour contrarié aux certitudes banales de la vie conjugale. Brenda n'était pas une créature dévorée de passion. Indolente, manquant d'énergie, ce qu'elle désirait, c'était seulement un peu de roman. Quant à Laurence, il était, lui aussi, de ces êtres plus épris de rêves qu'ils ordonnent à leur gré que de satisfactions immédiates et concrètes. Ils avaient été pris dans un piège et, fous de terreur, incapables d'en sortir. Brenda détruisit vraisemblablement les lettres de Laurence, puisqu'on ne les avait pas découvertes mais Laurence, lui, poussant à l'extrême la stupidité, garda celles qu'il avait reçues de Brenda. Il n'était pas possible qu'il eût machiné l'attentat de la buanderie. Le coupable se cachait encore derrière un masque.

Un policeman, que je ne connaissais pas, nous accueillit dans le hall. Il salua Taverner, qui l'entraîna dans un coin.

Mon attention fut attirée par des bagages, signe évident d'un départ imminent. J'étais en train de les examiner quand Clemency parut. Elle portait sa robe rouge avec une veste de tweed et un chapeau de feutre.

— Vous arrivez juste à temps pour nous dire au revoir ! me dit-elle.

— Vous partez ?

— Nous couchons à Londres ce soir. Notre avion prend l'air demain matin, à la première heure.

Elle souriait. Ses yeux, pourtant, semblaient refléter une certaine inquiétude.

— Mais, dis-je, il n'est pas possible que vous partiez aujourd'hui !

— Et pourquoi donc ?

Sa voix était dure.

— Avec cette mort.

— La mort de Nannie n'a rien à voir avec nous !

— Peut-être que non ! Pourtant...

— Pourquoi dites-vous : « Peut-être que non ! » ? Il n'y a pas de « peut-être » ! Roger et moi, nous étions en haut, en train de finir nos bagages. Nous n'avons pas paru au rez-de-chaussée durant tout le temps que le chocolat est resté sur la table...

— Vous pouvez le prouver ?

— Je réponds de Roger et Roger répond de moi.

— C'est peu !... N'oubliez pas que vous êtes mari et femme !

Elle s'emporta.

— Vous êtes impossible, Charles ! Roger et moi, nous nous en allons... vers une vie nouvelle. Pourquoi diable voudriez-vous que nous eussions empoisonné une brave fille un peu bornée qui ne nous a jamais fait aucun mal ?

— Ce n'était peut-être pas à elle que le poison était destiné !

— Nous sommes encore moins susceptibles de vouloir empoisonner une enfant !

— Ça dépend de l'enfant !

— Que voulez-vous dire ?

— Que Joséphine n'est pas une enfant comme les autres ! Elle sait un tas de choses sur les gens. Elle...

Je m'interrompis brusquement. Joséphine arrivait, par la porte du couloir conduisant au salon. Elle croquait son inévitable pomme et, au-dessus de ses joues roses, ses yeux brillaient de joie.

— Nannie a été empoisonnée ! nous dit-elle. Exactement comme grand-père. C'est passionnant ! Vous ne trouvez pas ?

Je pris un air sévère pour répondre :

— Vous n'êtes pas bouleversée ? Vous ne l'aimiez donc pas ?

— Pas spécialement. Elle était tout le temps en train de me gronder ! C'était une faiseuse d'histoires.

— Aimes-tu seulement quelqu'un, Joséphine ?

L'enfant leva les yeux vers Clemency.

— J'aime tante Edith. Je l'aime beaucoup... Et j'aimerais bien aussi Eustace, si seulement il n'était pas si méchant avec moi et si ça l'intéressait de découvrir le criminel qui est responsable de tout.

— Joséphine, dis-je, vous feriez mieux de ne plus le chercher ! C'est dangereux.

Elle répliqua :

— Je n'ai plus besoin de le chercher. Je sais tout.

Il y eut un long silence. Joséphine, les yeux fixés sur Clemency, la regardait sans ciller.

J'entendis dans mon dos un soupir. Je me retournai vivement. Edith de Haviland descendait l'escalier. Mais je n'eus pas l'impression que, ce soupir, c'était elle qui l'avait poussé. Il devait venir de derrière la porte par laquelle Joséphine était arrivée. Vivement, j'allai l'ouvrir. Il n'y avait personne.

Je me sentis très inquiet. Quelqu'un, j'en étais sûr, s'était tenu derrière cette porte et avait entendu les propos de Joséphine. Je revins vers l'enfant, qui, tout en mangeant sa pomme, continuait à dévisager Clemency d'un air malicieux, et je la pris par le bras.

— Venez, Joséphine ! Nous avons à causer.

Je m'attendais à ce qu'elle protestât, mais j'étais bien décidé à passer outre. Je l'entraînai dans une petite pièce dont on se servait guère et où il était peu vraisemblable qu'on vînt nous déranger. La porte fermée, j'invitai Joséphine à s'asseoir, puis, prenant moi-même une chaise, je m'installai en face d'elle.

— Maintenant, dis-je, nous allons nous expliquer ! Joséphine, qu'est-ce que vous savez ?

— Bien des choses !

— Je n'en doute pas. Vous avez certainement dans la tête des informations innombrables, dont certaines présentent de l'intérêt et d'autres non. J'imagine que vous avez fort bien compris ce que je vous demande. Je me trompe ?

— Non. Je ne suis pas idiote, moi !

La pointe m'était-elle destinée ou visait-elle les policiers ? Je ne perdis point mon temps à m'interroger là-dessus. Je poursuivis :

— Vous savez qui a mis quelque chose dans votre chocolat ?

Elle hocha la tête affirmativement.

— Vous savez qui a empoisonné votre grand-père ?

Nouveau hochement de tête.

— Et qui a essayé de vous tuer dans la buanderie ?

Encore un hochement de tête.

— Alors, dis-je, vous allez me raconter tout ce que

vous savez ! Vous allez tout me dire... et tout de suite !

— Non.

— Vous ne pouvez pas faire autrement. Tous les renseignements que vous possédez ou que vous découvrez, vous êtes dans l'obligation de les transmettre à la police !

— Les policiers sont des imbéciles et je ne leur dirai rien du tout. Ils ont été s'imaginer que l'assassin, c'était Brenda ou Laurence. Moi, je n'ai pas été si bête que ça ! Je savais très bien qu'ils n'étaient pas coupables. J'ai eu ma petite idée tout de suite, dès le début. J'ai fait une expérience... et, maintenant, je sais que j'avais vu juste !

Elle avait terminé sur une note de triomphe.

Faisant appel à toute ma patience, je recommençai.

— Joséphine, vous êtes extrêmement forte, je tiens à le dire...

Elle parut très contente d'entendre ça. Je poursuivis :

— Seulement, à quoi vous servira-t-il d'avoir été très forte si vous n'êtes plus en vie pour savourer votre victoire ? Vous ne vous rendez pas compte, petite sotte, qu'aussi longtemps que vous garderez pour vous seule les secrets que vous détenez, vous serez en danger ?

— Je le sais très bien !

— Deux fois déjà vous avez failli y rester ! La première, il s'en est fallu de peu que vous ne fussiez tuée ! La seconde a coûté la vie à une autre personne. Vous ne comprenez donc pas que, si vous continuez à trotter par la maison en proclamant que vous connaissez l'assassin, il y aura encore de nouvelles attaques contre vous, dont vous serez victime... à moins que ce ne soit encore quelqu'un d'autre ?

— Il y a des livres comme ça, où les gens sont tués les uns après les autres ! On finit par trouver le coupable, parce qu'il ne reste pratiquement plus que lui !

— Nous ne sommes pas dans un roman policier, Joséphine. Nous sommes à « Three Gables », Swinly Dean, et vous êtes une petite sotte qui a beaucoup trop lu pour son bien. Ce que vous savez, vous me le direz, quand je devrais vous secouer jusqu'à vous désarticuler les membres !

— Je pourrai toujours mentir !

— Bien sûr ! Mais vous ne le ferez pas... Après tout, qu'est-ce que vous attendez ?

— Vous ne comprenez pas ! Il est très possible que je ne parle jamais. Le coupable, peut-être bien qu'il m'est sympathique ! Vous saisissez ?

Elle attendit, comme pour me laisser le temps de me bien pénétrer de cette idée nouvelle, puis elle reprit :

— Et, si je parle, je ferai les choses dans les règles. On réunira tout le monde dans une grande pièce, je raconterai tout et, à la fin, brusquement je dirai : « Et c'était vous ! »

Comme elle pointait l'index dans un geste dramatique, Edith de Haviland entra.

Après avoir invité Joséphine à jeter son trognon de pomme et à essuyer avec son mouchoir ses doigts poisseux, elle lui annonça qu'elle l'emmenait en automobile. Son regard me laissait entendre que c'était le meilleur moyen d'assurer la sécurité de l'enfant dans les deux heures à venir. La promenade semblant peu sourire à Joséphine, elle ajouta :

— Nous irons manger une crème glacée à Longbridge.

Les yeux de la fillette brillèrent.

— Deux !

— Nous verrons. Va chercher ton chapeau, ton manteau et ton écharpe bleu marine ! Il fait frisquet aujourd'hui. Voulez-vous l'accompagner, Charles ? J'ai deux petits mots à écrire.

Elle s'assit à un secrétaire, cependant que je quittais la pièce avec Joséphine, que je n'aurais lâchée pour rien au monde, même si la vieille demoiselle ne m'avait prié de veiller sur elle. Je restais convaincu que l'enfant était plus que jamais menacée.

Je mettais les dernières touches à la toilette de Joséphine quand Sophia entra dans la chambre. Elle parut stupéfaite de me voir.

— Vous êtes ici, Charles ? Je ne savais pas que vous étiez devenu femme de chambre !

Joséphine annonça d'un ton important qu'elle allait à Longbridge avec tante Edith.

— Manger des glaces, précisa-t-elle.

— Brrr... Par ce temps-là ?

— Les glaces sont bonnes par n'importe quel temps ! répliqua Joséphine. Quand on a bien froid à l'intérieur, on a l'impression qu'on a plus chaud à l'extérieur !

Sophia fronça le sourcil. Sa pâleur me chagrinait, comme les cernes qu'elle avait sous les yeux.

Nous allâmes retrouver Edith de Haviland. Elle fermait sa seconde enveloppe. Elle se leva.

— Nous partons. J'ai dit à Evans de me sortir la Ford.

Nous traversâmes le hall, où je revis les bagages, avec leur étiquette bleue. A la porte, tout en boutonnant ses gants, Edith de Haviland regarda le ciel.

— Belle journée, dit-elle. Il fait froid, mais l'air est vif. Un vrai jour d'automne anglais. Sont-ils beaux, ces arbres, avec leurs branches nues, qui se détachent sur le ciel, avec, de loin en loin, une feuille d'or qui n'est pas encore tombée ?

Elle se retourna et embrassa Sophia.

— Adieu, ma chérie ! Ne te tracasse pas trop !... Il y a des choses inévitables et il faut savoir les affronter.

La Ford attendait en bas du perron. Edith monta dans la voiture, puis Joséphine. Elles nous adressèrent, l'une et l'autre, un petit signe d'adieu quand l'auto démarra.

— J'imagine, dis-je, que la tante Edith a raison et qu'il est sage d'éloigner Joséphine pendant une heure ou deux, mais je reste convaincu, Sophia, qu'il faut contraindre cette enfant à dire ce qu'elle sait.

— Il est probable qu'elle ne sait rien du tout ! Elle se vante. C'est une petite qui a toujours aimé se donner de l'importance.

— Je crois qu'il y a autre chose. Sait-on quel poison on a versé dans le chocolat ?

— On croit que c'est de la digitaline. Tante Edith en prend pour son cœur. Elle avait dans sa chambre un flacon plein de petites pilules de digitaline. Il est vide !

— Elle aurait dû le garder sous clef !

— C'est bien ce qu'elle faisait. Mais il ne devait pas être bien difficile de découvrir où elle cachait sa clef !

De nouveau, mes yeux restaient fixés sur les bagages entassés dans le hall.

Brusquement, je me pris à dire à haute voix :

— Ils ne peuvent pas s'en aller ! Il ne faut pas le leur permettre !

Sophia me regardait, étonnée.

— Roger et Clemency ?... Mais, Charles, vous ne croyez pas...

— Et vous, que croyez-vous ?

Elle eut un geste d'impuissance.

— Je ne sais pas, Charles ! Je sais seulement que nous sommes revenus en... en plein cauchemar !

— Je sais, Sophia. Ce sont les mots mêmes que j'ai employés, dans la voiture qui m'amenait ici, avec Taverner.

— Justement, parce que c'est bien un cauchemar. Charles ! On est au milieu de gens qu'on connaît, on se trouve devant un être qu'on ne connaît pas, un étranger, cruel et sans pitié...

Dans un cri, elle ajouta :

— Sortons, Charles, sortons !... Dehors, je me sens plus en sécurité... J'ai peur de rester dans cette maison.

## 25

Nous demeurâmes longtemps dans le jardin. D'un commun accord nous évitâmes de parler de cette angoisse qui nous étreignait tous deux et j'écoutai Sophia évoquer avec affection le visage de la morte, cette brave femme avec qui elle avait joué alors qu'elle n'était encore qu'une enfant et qui avait été sa « Nannie », comme elle avait été celle de Roger, de Philip et de leurs frères et sœurs.

— Elle aimait nous parler d'eux, disait Sophia, parce que ceux-là c'étaient ses vrais enfants. Elle ne revint avec nous que pendant la guerre, quand Joséphine n'était qu'un bébé et Eustace un drôle de petit bonhomme, très amusant...

Ces souvenirs détendaient Sophia et je l'encourageais à continuer. Cependant, je me demandais ce que Taverner pouvait bien faire. Probablement interrogeait-il les uns et les autres. Une auto de la police prit la route de Londres, emportant le photographe et deux policemen. Peu après, une voiture d'ambulance arrivait, qui repartit bientôt. Le corps de la vieille Nannie s'en allait vers le dépôt mortuaire et l'autopsie.

Longtemps encore, nous nous promenâmes dans le jardin, poursuivant une conversation où les mots n'avaient d'autre objet que de nous dissimuler à nous-mêmes nos véritables pensées. Le jour baissait quand, un frisson l'ayant parcourue, Sophia proposa que nous rentrions.

— Il doit être tard. Tante Edith et Joséphine ne sont pas encore revenues. Elles devraient pourtant être là !

Je ne savais que répondre. Que s'était-il passé ? Edith avait-elle délibérément pris le parti d'arracher l'enfant à la maison maudite ?

Nous rentrâmes. Sophia tira les rideaux. Dans la cheminée, le feu flambait et le grand salon, avec son luxe d'un autre âge, avait comme un air de fête. Il y avait sur les tables d'énormes bouquets de chrysanthèmes d'un jaune-vert bronzé.

Sophia sonna et une femme de chambre parut, que je reconnus, pour l'avoir vue quelque temps auparavant, alors qu'elle servait au premier étage. Elle avait les yeux rouges et reniflait sans cesse. Je remarquai aussi qu'elle jetait fréquemment de rapides regards par-dessus son épaule, comme si elle avait eu peur de quelque chose.

Philip se fit servir son thé dans sa bibliothèque, mais Magda vint nous rejoindre. Comme toujours, elle jouait un rôle : celui de la femme accablée de chagrin. Elle parlait fort peu. Elle prit un air soucieux pour s'informer d'Edith et de Joséphine, de qui le retard l'ennuyait.

Pour moi, je ne savais que penser et j'étais de plus en plus mal à l'aise. Je demandai si Taverner était toujours dans la maison. Magda m'ayant répondu qu'elle le croyait, je me mis à sa recherche. Je lui fis part de mes inquiétudes au sujet de miss de Haviland et de Joséphine. Prenant immédiatement le téléphone, il donna certaines instructions. Il me dit ensuite qu'il me préviendrait dès qu'il aurait des nouvelles. Je le remerciai et regagnai le salon.

Eustace s'y trouvait avec Sophia. Magda était partie.

— S'il apprend quoi que ce soit, dis-je, Taverner me le fera savoir.

— Il leur est sûrement arrivé quelque chose, Charles ! Sûrement !

— Il n'est pas tellement tard, Sophia !

Eustace ricana.

— Vous vous en faites pour pas grand-chose ! Elles ont dû simplement aller au cinéma.

Il sortit, en traînant les pieds.

— Il est très possible, dis-je alors à Sophia, qu'elle ait emmené la petite à Londres. A mon avis, elle se rendait parfaitement compte que Joséphine était menacée... Peut-être s'en rendait-elle compte mieux que nous-mêmes...

Elle murmura, d'une voix qui s'entendait à peine :

— Elle m'a dit adieu et elle m'a embrassée.

Incapable de découvrir la signification précise de cette remarque, à supposer qu'elle en eût une, je demandai à Sophia si Magda était vraiment inquiète.

— Maman ? Pas du tout ! Elle n'a jamais eu le sens de l'heure. Si vous l'avez vue comme elle est aujourd'hui, c'est parce qu'elle lit une nouvelle pièce de Vavasour Jones, qui s'appelle : *La femme dispose*. C'est une comédie où il n'est question que d'assassinats, l'histoire d'une sorte de Barbe-bleue femelle, qui, si vous voulez toute ma pensée doit beaucoup à *Arsenic et vieilles dentelles*, mais où il y a un bon rôle de femme, celui d'une demi-folle qui a la manie du veuvage.

A six heures et demie, Taverner vint nous rejoindre. Son visage nous préparait à ce qu'il avait à nous dire.

Sophia se leva.

— Alors ?

— Je suis désolé. Je vous apporte de mauvaises nouvelles. J'ai fait lancer un appel-radio. Un automobiliste a fait savoir qu'il avait aperçu la Ford recherchée, alors qu'elle quittait la grand-route, en haut de la côte de Flackspur, pour s'engager dans les bois...

— Elle aurait pris le petit chemin qui va à la carrière ?

— Oui.

Après quelques secondes, il ajouta :

— L'auto a été retrouvée dans la carrière. Les deux personnes qui l'occupaient étaient mortes. Ce sera pour vous une consolation que de savoir qu'elles ont été tuées sur le coup.

— Joséphine !

Magda était à la porte.

— Joséphine !... Mon enfant chérie...

Sophia courut à sa mère et la serra dans ses bras.

— Attendez ! dis-je.

Quelque chose m'était brusquement revenu à la mémoire. Avant de sortir, Edith de Haviland avait écrit deux lettres. Dans le hall, elle tenait encore ses deux enveloppes à la main. Elle ne les avait plus au moment où elle était montée dans la voiture.

Je me précipitai dans le vestibule. Les deux enveloppes étaient là, sur le grand coffre de chêne, à peine dissimulées par la boîte à thé ancienne derrière laquelle elles avaient été posées. Celle du dessus était adressée à l'inspecteur Taverner.

Il m'avait suivi. Je lui tendis l'enveloppe, qu'il ouvrit. Nous prîmes en même temps que lui connaissance du message qu'elle contenait.

*Je pense que ce pli sera ouvert alors que je serai morte, je ne veux pas entrer dans les détails, mais je revendique la pleine responsabilité de la mort de mon beau-frère Aristide Leonidès et celle de Janet Rowe (Nannie). Je déclare solennellement ici que Brenda Leonidès et Laurence Brown sont innocents du meurtre d'Aristide Leonidès. Le docteur Michæl Chavasse, 783 Harley Street, confirmera que ma vie n'aurait pu être prolongée que de quelques mois. Je préfère la quitter comme j'ai résolu de le faire et épargner à deux innocents l'épreuve d'être jugés pour un crime qu'ils n'ont pas commis. Je suis parfaitement saine d'esprit et j'ai pleine conscience de ce que j'écris.*

EDITH ELFRIDA DE HAVILAND.

Comme j'achevais ma lecture, je vis que Sophia était à côté de moi. Elle avait lu, elle aussi.

Elle dit, dans un souffle :

— Tante Edith...

Je revis la vieille demoiselle arrachant d'un geste énergique le liseron qui s'était accroché au bas de sa jupe. Je me souvins des soupçons qu'elle m'avait inspirés. Mais pourquoi...

Sophia posa la question, alors même qu'elle se formait en mon esprit.

— Pourquoi Joséphine ? Pourquoi l'a-t-elle emmenée avec elle ?

— Et, à vrai dire, ajoutai-je, pourquoi s'est-elle tuée ?

Je le demandais, mais déjà la réponse m'était connue. Tout, maintenant, m'apparaissait clairement. J'avais encore la seconde enveloppe à la main. Elle m'était adressée.

Elle était plus lourde et plus épaisse que l'autre et je crois bien que je sus ce qu'elle contenait avant même de l'ouvrir. Je ne me trompais pas : c'était le petit carnet noir de Joséphine.

Penchée sur mon épaule, Sophia lut la première ligne en même temps que moi.

*Aujourd'hui, j'ai tué grand-père.*

## 26

Je devais, plus tard, me demander comment j'avais pu rester aveugle à une vérité pourtant évidente. Seule, Joséphine pouvait être coupable. Sa vanité, l'importance qu'elle se donnait, le plaisir qu'elle prenait à parler, l'insistance qu'elle mettait à répéter qu'elle était très forte et que les policiers étaient stupides, tout l'indiquait.

Parce qu'elle n'était qu'une enfant, je n'avais jamais pensé qu'elle pût avoir tué. Pourtant, on a déjà vu des enfants assassins et le meurtre de « Three Gables » était bien de ceux qu'un enfant pouvait commettre. Le vieux Leonidès avait lui-même expliqué à la petite comment il fallait opérer et elle n'eut qu'à suivre ses indications.

Il lui avait seulement fallu faire attention à ne pas laisser d'empreintes digitales, elle avait lu assez d'histoires policières pour ne pas l'ignorer. Tout le reste n'était qu'un salmigondis, en provenance directe des « romans-détectives » dont Joséphine faisait sa lecture ordinaire. Il y avait le carnet, l'enquête « personnelle » qu'elle disait mener, ses prétendus soupçons, sa volonté de ne rien révéler aussi longtemps qu'elle ne posséderait une certitude...

Et aussi, cet attentat qu'elle avait machiné contre elle-même. Une folie, si l'on considère qu'elle aurait très bien pu se tuer. Mais qui s'expliquait, car c'était là une hypothèse que, comme une enfant qu'elle était, elle n'avait pas un instant envisagée. Elle était l'héroïne de l'aventure. L'héroïne ne meurt pas. Là cependant elle a laissé derrière elle un indice : ces morceaux de terre qui se trouvaient sur la chaise. Elle était la seule personne de la maison obligée de monter sur quelque chose pour mettre le bloc de marbre en équilibre sur le battant de la porte. A plusieurs reprises, les trous dans le sol le prouvaient, l'affaire n'avait pas réussi au premier coup. Patiemment, elle avait recommencé, manipulant le lion de marbre en couvrant ses doigts avec son écharpe, pour ne pas laisser d'empreinte sur le bloc. La mort l'avait finalement frôlée de près.

De si près que la réussite était complète, le but atteint. Joséphine était menacée, elle « savait quelque chose », on avait essayé de la tuer. Comment douter ?

Très adroitement, elle attira mon attention sur la chambre aux réservoirs. Et c'est avec des intentions bien définies qu'elle mit sa chambre sens dessus dessous avant de descendre à la buanderie.

A son retour de l'hôpital, elle avait été très déçue. Brenda et Laurence arrêtés, l'affaire étant terminée, elle cessait, elle, Joséphine, d'être dans la lumière des projecteurs. C'est pourquoi elle avait volé dans la chambre d'Edith la digitaline qu'elle versa dans sa tasse de chocolat qu'elle ne buvait pas et laissait en évidence sur la table. Savait-elle que Nannie la boirait ? Probablement. D'après ce qu'elle m'avait dit elle-même, elle acceptait mal les observations de la vieille bonne. Nannie qui avait une longue expérience des enfants, soupçonnait-elle la vérité ? Je ne suis pas très loin de le croire. Elle ne tenait pas Joséphine pour normale. Son intelligence s'était développée de façon précoce, mais non point son sens normal. L'hérédité joua peut-être. Autoritaire, « impitoyable », comme l'étaient ses ancêtres du côté maternel, elle avait l'égoïsme de Magda, incapable de songer à autre chose qu'à elle-même. Très sensible, comme Philip, elle dut vraisemblablement souffrir d'être laide, si laide que, malgré toute son intelligence, elle était appelée par sa mère la « petite niaise ». Enfin, de son grand-père, elle tenait une grande agilité d'esprit et beaucoup de finesse. Mais, alors que le vieux Leonidès avait des qualités de cœur, alors qu'il pensait aux autres, à sa famille et à tous ceux qu'il aimait, elle ne songeait, elle, qu'à elle-même.

Le grand-père, je le crois, s'était rendu compte, ce qui avait échappé à tous les autres, que Joséphine risquait d'être une source de malédictions diverses, non pas seulement pour sa famille, mais aussi pour elle-même et c'était vraisemblablement parce qu'il pressentait ce dont elle était capable qu'il voulut qu'elle soit élevée à la maison. Il l'avait protégée contre elle-même et c'étaient les mêmes raisons qui l'avaient poussé à insister auprès de Sophia pour qu'elle veillât sur l'enfant.

Magda avait-elle deviné la vérité ? Sa hâte à envoyer Joséphine en Suisse permet de poser la question. Elle ne savait rien, je pense, mais un vague instinct maternel peut-être lui faisait tout craindre...

Mais Edith de Haviland ?

J'ouvris enfin la lettre que je tenais à la main, et qui avait été placée par elle dans l'enveloppe contenant le carnet.

*Mon cher Charles,*

*Cette lettre est pour vous seul... et pour Sophia, si vous le jugez bon. Il est indispensable que quelqu'un connaisse la vérité. J'ai trouvé le carnet ci-joint dans le chenil abandonné qui est derrière la maison. C'est là qu'elle le cachait. Il confirme tout ce que je redou-*

*tais déjà. Ai-je raison ou non d'agir comme je vais le faire ? Je l'ignore. Mais ma vie, de toute façon, aurait pris fin bientôt et je ne veux pas que l'enfant souffre le calvaire qui serait inévitablement le sien s'il lui fallait rendre compte de ses actes.*

*Dans la nature, il y a souvent des petits qui ne sont « pas comme les autres ».*

*Si j'ai tort, que Dieu me pardonne ! Mais c'est l'amour qui me guide.*

*Dieu vous bénisse, tous les deux !*

EDITH DE HAVILAND.

Je n'hésitai qu'un court instant, puis je tendis la lettre à Sophia. Quand elle en eut pris connaissance, nous ouvrîmes de nouveau le petit carnet noir.

*Aujourd'hui, j'ai tué grand-père.*

Nous tournâmes les feuillets. Le texte était effarant. Il intéresserait, je pense, un psychiatre. Un égoïsme forcené s'y affirmait à chaque page, l'enfant, avec une sincérité pitoyable, exposant les dérisoires mobiles de ses crimes.

*Grand-père ne veut pas que je devienne danseuse. Alors j'ai décidé de le tuer. Comme ça, j'irai vivre à Londres avec Maman et je deviendrai ballerine.*

Les passages qui suivaient ne sont pas moins significatifs.

*... Je ne veux pas aller en Suisse et je n'irai pas. Si Maman me force, je la tuerai, elle aussi. Seulement, je n'ai pas de poison. Je pourrais peut-être en fabriquer avec de la belladone. Il paraît que c'est un poison violent.*

*... Eustace m'exaspère. Il dit que je ne suis qu'une fille, que je ne connais rien à rien et qu'une femme ne fera jamais un bon détective. Il ne me croirait pas si sotte s'il savait que c'est moi qui ai tué grand-père.*

*... J'aime bien Charles, mais il est plutôt bête. Je ne sais pas encore qui je ferai accuser du crime, Brenda et Laurence, peut-être. Brenda me déplaît :*

*elle dit que je n'ai pas toute ma tête. Mais j'aime bien Laurence. Il m'a parlé de Charlotte Corday. Elle a tué quelqu'un dans sa baignoire. Elle a, d'ailleurs, été très maladroite.*

Le dernier feuillet parlait de Nannie.

*Je déteste Nannie. Je la hais. Elle dit que je ne suis qu'une petite fille prétentieuse, qui veut se donner de l'importance. C'est elle qui pousse Maman à m'envoyer en Suisse. Je la tuerai. Je crois que les pilules de tante Edith feront l'affaire. S'il y a un autre assassinat, la police reviendra à la maison et tout redeviendra épatant.*

*... Nannie est morte. Je ne sais pas encore où je vais cacher le flacon qui contenait les petites pilules. Peut-être dans la chambre de tante Clemency, peut-être dans celle d'Eustace. Quand je mourrai, très vieille, je m'arrangerai pour faire parvenir ce carnet au chef de la police. On se rendra compte alors, que j'étais un génie du crime.*

Je fermai le carnet. Sophia pleurait.

— Oh ! Charles !... Charles !... C'est horrible ! Cette pauvre petite était un monstre... et elle ne m'inspire que de la pitié !

J'éprouvais des sentiments analogues.

J'avais bien aimé Joséphine et je l'aimais encore. On n'aime pas moins les gens parce qu'ils sont devenus tuberculeux ou que la maladie les a frappés. Joséphine était un monstre, Sophia venait de le dire, mais si pitoyable, tellement à plaindre !

Sophia se tourna vers moi.

— Si elle avait vécu, que serait-elle devenue ?

— Comment savoir ? répondis-je. On l'aurait sans doute envoyée dans une institution pour enfants anormaux. Par la suite, peut-être l'aurait-on rendue aux siens, ou peut-être internée...

Sophia frissonna.

— Les choses sont mieux comme elles sont, dit-elle. Mais il n'est pas juste que tante Edith...

Je l'interrompis.

— Elle a choisi de se sacrifier. Je doute que sa lettre soit rendue publique et que l'on sache jamais. Il est probable que l'accusation sera abandonnée purement et simplement et que Brenda et Laurence seront remis en liberté.

Je pris les mains de Sophia et, sur un tout autre ton, je poursuivis :

— Quant à vous, Sophia, vous m'épouserez ! Je viens d'apprendre que je suis nommé en Perse. Vous m'accompagnerez là-bas et je saurai bien vous faire oublier la « petite maison biscornue ». Votre mère montera des pièces, votre père continuera à acheter des livres et Eustace entrera à l'Université. Ne vous faites plus de souci à leur sujet, Sophia, et pensez à moi !

Elle me regarda bien dans les yeux.

— Vous n'avez pas peur de m'épouser, Charles ?

— Et que craindrais-je ? La pauvre petite Joséphine s'était chargée de toutes les tares de la famille, alors que vous héritiez, vous, de toutes les qualités des Leonidès. Votre grand-père avait une haute opinion de vous, Sophia, et j'ai l'impression que c'était un homme qui se trompait rarement. Relevez la tête, mon amour ! L'avenir est à nous !

— Je le crois, Charles. Je vous aime et je vous rendrai heureux !

Les yeux baissés sur le petit carnet noir, elle ajouta à mi-voix :

— Pauvre Joséphine !

Je répétai les deux mots après elle.

---

— En fin de compte, me dit mon père, quel était le véritable assassin ?

Au « pater », je ne mens jamais.

— Ce n'était pas Edith de Haviland, répondis-je. C'était Joséphine.

Il hocha la tête et dit, d'une voix grave :

— Il y a longtemps que je m'en doutais. Pauvre gosse !

**FIN**

# Les Reines du Crime

Nouvelles venues ou spécialistes incontestées, les grandes dames du roman policier dans leurs meilleures œuvres.

**BRAND Christianna**
1877 Narcose *(mars 87)*

**CANNAN Joanna**
1820 Elle nous empoisonne

**EBERHARDT Mignon**
1825 Ouragan

**KALLEN Lucille**
1816 Greenfield connaît la musique
1836 Quand la souris n'est pas là...

**LONG Manning**
1831 On a tué mon amant
1844 L'ai-je bien descendue ?

**McCLOY Helen**
1841 En scène pour la mort
1855 La vérité qui tue

**MILLAR Margaret**
723 Son dernier rôle
1845 La femme de sa mort

**MOYES Patricia**
1824 La dernière marche
1856 Qui a peur de Simon Warwick ?
1865 La mort en six lettres

**NATSUKI Shizuko**
1861 Meurtre au mont Fuji

**NIELSEN Helen**
1873 Pas de fleurs d'oranger *(fév. 87)*

**RENDELL Ruth**
1451 Qui a tué Charlie Hatton ? *(fév. 87)*
1521 Le pasteur détective *(avril 87)*
1629 La banque ferme à midi *(juin 87)*
1806 Son âme au diable
1815 Morts croisées
1834 Une fille dans un caveau
1851 Et tout ça en famille...
1866 Les corbeaux entre eux

**RICE Craig**
1835 Maman déteste la police
1862 Justus, Malone & Co
1870 Malone et le cadavre en fuite *(janv. 87)*
1881 Malone est à la noce *(avril 87)*

**RUTLEDGE Nancy**
1830 La femme de César

**SEELEY Mabel**
1871 D'autres chats à fouetter *(janv. 87)*
1885 Il siffle dans l'ombre *(mai 87)*

**SIMPSON Dorothy**
1852 Feu le mari de madame

**THOMSON June**
1857 Finch se jette à l'eau
1886 Plus rude sera la chute *(mai 87)*

# Les Maîtres du Roman Policier

Première des collections policières en France, Le Masque se devait de rééditer les écrivains qu'il a lancés et qui ont fait sa gloire.

**ARMSTRONG Anthony**
1859 Dix minutes d'alibi

**ARMSTRONG Charlotte**
1740 L'étrange cas des trois sœurs infirmes
1767 L'insoupçonnable Grandison

**BEEDING Francis**
238 Le numéro gagnant

**BERKELEY Anthony**
1793 Le club des détectives
1880 Une erreur judiciaire *(avril 87)*

**BIGGERS Earl Derr**
1730 Le perroquet chinois

**BOILEAU Pierre**
252 Le repos de Bacchus *(Prix du Roman d'Aventures 1938)*
1774 Six crimes sans assassin

**BOILEAU-NARCEJAC**
1748 L'ombre et la proie
1829 Le second visage d'Arsène Lupin
1849 Le secret d'Eunerville
1868 La poudrière *(janv. 87)*
1889 La justice d'Arsène Lupin *(juin 87)*

**BRUCE Leo**
261 Trois détectives
1788 Sang-froid

**CARR John Dickson**
1274 Impossible n'est pas anglais
1735 Suicide à l'écossaise
1785 Le sphinx endormi
1794 Le juge Ireton est accusé
1799 On n'en croit pas ses yeux
1802 Le marié perd la tête
1843 Les yeux en bandoulière
1850 Satan vaut bien une messe
1863 La maison du bourreau
1876 La mort en pantalon rouge *(mars 87)*

**CRISPIN Edmund**
1839 Un corbillard chasse l'autre

**DARTOIS Yves**
232 L'horoscope du mort

**DIDELOT Francis**
1784 Le coq en pâte

**DISNEY Doris Miles**
1811 Imposture

**DOYLE Sir Arthur Conan**
124 Une étude en rouge
1738 Le chien des Baskerville

**ENDRÈBE Maurice Bernard**
1758 La pire des choses

**FAIR A.A.**
1745 Bousculez pas le magot
1751 Quitte ou double
1770 Des yeux de chouette

**GARDNER Erle Stanley**
1797 La femme au masque

**GOODIS David**
1823 La police est accusée

**HEYER Georgette**
297 Pourquoi tuer un maître d'hôtel?
484 Noël tragique à Lexham Manor

**HUXLEY Elspeth**
1764 Safari sans retour

**IRISH William**
1875 Divorce à l'américaine *(mars 87)*

**JEFFERS H. Paul**
1807 Irrégulier, mon cher Morgan

**KASTNER Erich**
277 La miniature volée

**KING Rufus**
375 La femme qui a tué

**LEBLANC Maurice**
1808 Arsène Lupin, gentleman cambrioleur
1819 L'aiguille creuse

**LEBRUN Michel**
1759 Plus mort que vif

---


IMPRIMÉ EN FRANCE PAR BRODARD ET TAUPIN
Usine de La Flèche (Sarthe).
ISBN : 2 - 7024 - 1372 - 2
ISSN : 0768 - 0384

H 31/0588/9